徳間文庫

とむらい屋颯《そう》太《た》

梶よう子

徳間書店

目次

第一章　赤茶のしごき

一

猪牙舟《ちょきぶね》の舳先《へさき》が水面《みなも》を切る。櫓臍《ろべそ》がぎいぎいと音を立てる。

「このところ、風が一段と冷たくなりましたね、六《ろく》さん」

颯太《そうた》は、笠の縁をついと押し上げ、首を回した。色白ですっきりした輪郭、通った鼻筋に大きな眼。男にしては、少し赤い唇。幼い頃は、その顔貌《かおかたち》が、女のようだと近所の悪ガキどもにからかわれたが、いまの商売を始めてからは、むしろこの顔が、客に安心感を与えている。

船頭《せんどう》の六助《ろくすけ》は、颯太の声が聞こえなかったのか、素知らぬ顔をしている。六助は来年還暦を迎える年寄りだ。顔には年相応の深い皺《しわ》が刻まれているが、日に焼けた腕と足の肉はぴんと張って、若々しい。それでも、最近、耳が遠くなったとこぼしていた。

とはいえ、船頭は様々な客を乗せる。道ならぬ恋に身を焦《こ》がすふたりや、怪しい商談を交わす商人、遊びすぎて勘当寸前の若旦那と幇間《ほうかん》などなどだ。六助は、むしろそうした者たちの話が聞こえなくなってよかったと、うそぶく。

ただ、こうした客商売で、

「客の話を面白おかしく吹聴《ふいちょう》する今時の若い船頭が腹立たしい」

という。それを許してしまう船宿の亭主や船頭仲間も同じだ、と憤《いきどお》る。

そんな六助だから、贔屓《ひいき》にしている。颯太の商いも、様々ある。

颯太は、再び、さらに大きな声でいった。

「六さん、風が冷たいね」

「ああ？」

ようやく六助が振り返った。

「当たり前だよ、颯太さん。もう十月も半ばだ。寒いに決まってらぁ」

頬被《ほおかむ》りした六助の細い顔が笑う。

「で、今日は、どうするんだね？」

「亀戸《かめいど》の天神さまの藤《ふじ》が見たいといっていたそうだ。在所に、大きな藤棚があったそうでね」

颯太は懐《ふところ》を探り、粗末な櫛《くし》を取り出した。藤の花の意匠がある。

「藤かえ？　そりゃあ、時季が違い過ぎるよ」

「いいのさ、来年まで待てば咲くからね。もう、苦しいことも、辛《つら》いこともなく、ただ待っていればいい」

「まあ、そうともいえるなぁ。で、仏さんは幾つだったんだい？」

六助が訊《たず》ねてきた。

「二十一だ」

そいつは辛《つれ》えな、と六助は首を振る。

「吉原に売られてきて三年だそうだよ。もともと病持ちで、見世《みせ》でも持て余していたらしい。それが肺病だとわかって、慌てて見世から退かせたって話さ」

死んでくれて、ようやく薬袋料がかからなくてすむ、と忘八《ぼうはち》（廓《くるわ》の主）は、臆面もなくいった。骨と皮ばかりの痩《や》せこけた妓《おんな》の亡骸《なきがら》を見れば、ろくな看病をしていなかったのはすぐにわかる。

それでも、妓はきれいな顔をしていた。

颯太は、死化粧を施《ほどこ》してやりながら、生きていて楽しいことはあったか、と話しかけた。

「けどよぉ、颯太さん。弔《とむら》いを出してもらっただけでも、幸せじゃねえか」

しんみりした六助の言葉に颯太は軽く笑った。

「忘八は一文も出しちゃいませんよ。死人はもう銭を運んでこない、弔い代まで出したら、うちは大損だとね。幸いというか、仲間の妓たちがなけなしの銭を出し合ったのさ。それだけが救いさ」

妓たちのほうが情に厚い。いや、明日は我が身と思っているからかもしれないが。

「引き取り手はあったんで？」

ない、と颯太は櫛の歯を指先で撫《な》でながら、嘆息する。

「病で馴染《なじ》みの客もろくにいなかったから、借金も残ってるって有様だ。在所も遠方で親戚もわからないらしい。お手上げだ」

結局、吉原からほど近い浄閑寺《じょうかんじ》に埋葬することになった。

吉原では、引き取り手のいない者や流行《はや》り病、あるいは火事などで大勢の死者が出た時などは、浄閑寺に頼んでいた。

あるいは、相対死《あいたいじに》や掟《おきて》を破っての折檻《せっかん》で死に至った者もだ。

「病で死んだんだ。棺桶《かんおけ》なんかいらねえだろう？　粗筵《あらむしろ》でくるんで、うっちゃっておけば事足りる」

忘八の言い草に、颯太は表情を変えず、静かに憤る。

人の死をなんだと思っていやがるのか。

それが、身を削って働いた女へ最期《さいご》にかける言葉かと思ったら、反吐《へど》が出る。

颯太は苦々しい気持ちを抑えつつ、神妙な面持《おもも》ちで返した。

「数少ないあの妓の客のひとりが、先日、あの世に行きましてね。じつは、かさ（梅毒）じゃねえかと廓中に噂が立っておりますが、いかがいたしましょうねぇ」

「な、なに、それは本当のことかい？」

忘八の顔から血の気が引いた。

死んだのは本当のことだ。だが、死因ははっきりしている。風邪をこじらせて、死んだのだ。米寿の大往生だと、弔いは賑《にぎ》やかなものだった。その弔いも颯太がかかわった。

「かさを患《わずら》っていたと知っていて、養生もさせず、見世に出したまんまでは、評判にかかわりますが、ね」

もっとも、かさを患っている妓は多い。

口中などに水ぶくれが出来、かさの症状があらわれると、妓たちは、鳥屋《とや》と呼ばれる小部屋で養生する。

それが引くと、また見世に出る。鳥屋へ入ることは、遊女として箔《はく》がついたとされ、子を孕《はら》みにくくなると信じられもしていたので、廓にしてみれば、願ったりかなったりである。

ただし、病の根っこは身体《からだ》に潜んでいるだけで、当然、同衾《どうきん》すれば、相手の男にも感染《うつ》ってしまう恐ろしい病であることはすでに知られていた。

「客も年寄り、妓も病、これ幸いと相手をさせていたのではないかとね」

噂ってのは恐いものですよ、と颯太は、廓を見回した。大籬《おおまがき》の見世ならふんぞり返ってもいられようが、たいして格も高くない、この程度の小見世で悪い噂がたてば、たちまち客足が遠のく。

カタカタと妙な音がした。忘八の奥歯が鳴っているのだ。

「そいつだけはなにとぞご勘弁いただきたい。ねえ。颯太さんとあたしの仲じゃねえですか。これまで持ちつ持たれつでやってきたんだ」

持ちつ持たれつのつもりはねえ、と颯太は心の中で苦笑する。

また、死人《しびと》が出たら真っ先にお知らせしますから、と忘八は手揉《ても》みをする勢いだ。

「え？　颯太さん。死人相手の商いじゃねえですか。ここはあんたにとっちゃお得意さまのはずだ」

お得意さまか、と颯太が薄く笑って、身を翻《ひるがえ》すと、忘八は急いで懐紙で銭を包んだ。颯太の袂《たもと》に、忘八が無理やりねじ込んできた。颯太は紙包みを慣れた手つきで確かめる。

感触では三両――。

颯太は舌打ちした。ケチな野郎だ。もっともそうでなければ、遊女屋など営めないのかもしれないが。

颯太は六助を振り返る。

「初手《しょて》から弔い賃を出していればいいものを。そのほうが、忘八の株もあがったのにな」

結局、忘八からせしめた分から二両を、弔い賃を出した妓たちへ分け与えた。

「女を銭に換算することしかできねえ。けど、女は言葉も話せば、心もある。なによりも命ってものが宿っていることを忘れちまってる。それを奴らは絞り取ってる」

颯太は吐き捨てるようにいった。

「だから、忘八ってんだろう？　颯さん」

「その通りですよ」

忘八は、仁義礼智忠信孝悌《じんぎれいちちゅうしんこうてい》、つまりこれら八つの徳を忘れている者をいう。遊里《ゆうり》で遊ぶこと、そして廓の主のこともそう呼ぶ。

「いやになっちまうねぇ、六さん。もっとも死んだ者は口が利けねえ。この櫛を、女の代わりにすることしかねえんです」

女はもう生きたその眼で藤を眺めることができない。生きて望みを叶《かな》えることは、もうできないのだ。

「生きてる者たちが納得したいだけなんですよ。死んだ女のためにとね。そうすることで、なにもしてやれなかった自分たちを許してやりたいんですよ」

「そんなものかい」

「そんなものです」

弔いも同じだ。

颯太は、櫛を高く掲げて、柔らかく注ぐ陽にかざす。歯と歯の隙間から光が溢《あふ》れる。さて、天神さまの藤棚のどこに埋めるかなぁとぼんやりと考える。神主に見つからないよう、こそこそやらなけりゃ――。

猪牙舟が左右に揺れて、吾妻橋《あづまばし》に差し掛かる。

大川《おおかわ》には、荷舟や乗り合い舟が、引っ切りなしに通る。塵《ちり》を山と積んだ舟も通る。

「亀戸まで遠くてすまないね」

「なに、流れに乗っていきゃあ、たいした距離じゃあねえよぉ」

吾妻橋を過ぎると、幕府の御米蔵が見えてくる。その手前の駒形堂《こまがたどう》のあたりで、

「おっ」

六助が急に櫓を押すのを止めた。

「なんだ。なにか引っ掛かりやがった」

「なんです、河童《かっぱ》にでも摑《つか》まれましたか」

「混ぜっ返すなよ、颯さん」

六助が力を込める。

「おや、赤茶色の紐《ひも》が絡んでやがる。ああ、しごきか」

六助はそれを振り払おうと、櫓を動かしたが、

「なんだこりゃ。いやに重ぇな。やれ、どっこいしょ」

ざぶりと川面《かわも》が盛り上がると同時に舟が傾《かし》いだ。颯太は慌てて舟べりにしがみつく。

おおお、と六助が大声を上げた。恐怖と驚きが混ざった声だ。

「どうした、六さん」

颯太は船底に手をついて、中腰になって船尾へと移動する。

「こいつぁ……」

六助が茫然《ぼうぜん》とする。

赤茶色のしごきが巻き付いた人の腕が六助の櫓にしがみつくように浮き上がってきた。

二

ふああ、と大あくびをしたのは、南町奉行所の定町廻《じょうまちまわ》り同心、韮崎宗十郎《にらさきそうじゅうろう》だ。十手《じって》で肩をとんとん叩《たた》きながら、河岸《かし》に上げられ、筵の上に寝かされた女を見下ろしていた。女といっても、結い髪や、はだけた衣装からあらわになっている乳房と下腹でわかるという程度だ。

顔の皮も半分がた落ちて、肉が覗《のぞ》き、眼球も飛び出しそうだ。赤黒いような青黒いような肌の色をし、ぶよぶよに膨れ上がっていた。流木に当たったのか、魚に食われたのか、身体の皮膚もところどころ破れ、はがれ落ちていた。手足があるだけの、肉塊だ。

屍臭《ししゅう》を嗅《か》ぎ付けたのか、上空に数羽、烏《からす》が集まってきていた。仲間を呼ぶように鳴き声を上げている。

韮崎は、鼻をつまんだ。

「ひでえもんだな。水死人は幾度も眼にしたが、どんな小町娘でもこうなっちゃおしめえだな。いや、婆さんかもしれねえが」

おい、と韮崎が背後に隠れていた若い小者に向かっていった。一太《いちた》という名の、まだ十七の若僧だ。

「この、娘か年増《としま》かもわからねえ女の身元を洗え。なんでもいい、手掛かりになるものを身につけているかもしれねえからな」

あっしがですか、と顔を青くした一太が、亡骸をちらりと見て口元を押さえた。

「吐くんなら、離れてやってくれよ」

一太は頷《うなず》くより早く急ぎ足で骸《むくろ》から離れ、草むらでぐええと戻した。

韮崎は眉《まゆ》を寄せ、颯太を見る。

「そんで、てめえがこの女の骸を見つけたってわけか」

「お言葉ですが、最初に見つけたのは船頭の六助さんですよ」

「そんなこたぁ、どっちでもいいやな。その六助って奴の猪牙に乗ってたんだからよ。まったくてめえは、死人となると鼻が利きやがる」

韮崎は、頬を緩めて皮肉っぽくいった。

「褒め言葉には聞こえませんが」

「褒めちゃいねえよ」

一太に命じ、韮崎が、集まり始めていた野次馬を遠ざけさせた。

「死人とはいえ、女だからな。さらしものにするのは可哀想だ」

そんな情けを持っていたのかと、颯太は感心した。韮崎は、細面《ほそおもて》で吊《つ》り上がった眼に、薄い唇。どう見ても冷徹そうな面《つら》をしていた。実際、悪人の捕縛のとき、相手の骨も砕くくらいに十手を振り下ろすと耳にしたことがある。

そんな現場には遭遇したくないと颯太は思っている。

一太はいまだ青い顔をしながら、野次馬たちを追い払う。戻ってくるなり、また口元を押さえた。

「役に立たねえなぁ。あっちへ行ってろ」

「すいやせん」

我慢の限界だったのか、亡骸から離れるなり、一太が草むらにしゃがみ込む。

襟元をかき合わせながら韮崎が、

「川っぺりの風が冷てえ。早いとこ番屋に運びてえな。戸板はまだかよ」

苛々《いらいら》した口調で訊ねる。

「いまこっちへ向かってるはずです」

一太が弱々しげにいった。

しょうがねえ、と韮崎は女の骸の側《そば》に片膝をつき、颯太を見上げた。

「なあ、おめえ、この骸をどう見る？」

「どうといわれましてもねぇ。あっしはただのとむらい屋ですから検視はできませんよ」

韮崎は、ふんと顎《あご》をしゃくった。

「おれは、そう思わねえけどな。幾体死骸を見てきたんだよ。なんらか気づいたことはねえかと訊《き》いているんだ。どこから流れてきたか、いつ飛び込んだか」

その物言いには有無をもいわせぬものがある。

颯太は舌打ちして骸に近寄り、腰を落とした。

土左衛門《どざえもん》はいくらでも扱ってきた。

入水《じゅすい》して、数日経《た》つと、身体が膨れ上がる。よく足に石などの重石《おもし》をつけて飛び込む奴がいるが、ちょっとやそっとの重さでは、水面に上がってきてしまう。

身体中の気がぬけていくと、今度は沈んでいく。肉が落ち、骨があらわになる。流れ流れて、沖まで行ってしまうこともある。まさに海のもくずと消えてしまうのだ。

颯太は両手を合わせて拝んでから、亡骸をじっと見る。

姿形はすっかり変わり果ててしまっているが、この女は命を落とすまで、息をして、笑って泣いて、言葉を話していたのだ。

魂が抜けるというが、それは、まことのことかもしれない。それが抜け落ちてしまえば、人の身体は、ただの容《い》れ物だ。

この商売をしていると、それをことさら感じる。

顔も身体もあちこちが傷んでいる。なにかにぶつかったのか、擦り傷もある。だが、その傷もすでにふやけてしまっていた。

「十日ほど経っているかと思われますね。飛び込んだのは、たぶん」

と、颯太は首を回す。吾妻橋が見える。

「そこから入水して、ここまで流れてきたってわけか」

韮崎は、得心したように頷いた。

「なあ、とむらい屋、この女、歳は幾つくらいだ」

「さて、それはわかりませんね。身体全体が膨れ上がっていますし、顔の肉も落ちて骨まで見えていますからね。かろうじて残った衣装の柄も地味ですし。まあ、裕福ではないでしょうが」

韮崎さま、と颯太は女の口元を指差した。

ああ、と韮崎は十手を取り出し、女の口をこじ開けた。

「鉄漿《かね》はねえな。ってことは、どこぞの女房じゃねえってことか」

「――おや、これは」

颯太は女の手首を凝視した。

韮崎が、「どうした」と顔を寄せてくる。

颯太は、女の左の手首と足首に赤い痣《あざ》のようなものを見つけた。膨張した手足のせいで見落としていたのだ。

「足首は、重石をつけたものでしょうが、こちらを見てください」

女の左手首を指差した。

亡骸の腕に巻き付いていた赤茶色のしごきは、手首を縛っていたのだろう。

韮崎が渋い顔をする。

「心中、かよ」


戸板に載せられ、粗筵を被せられた水死人は、花川戸町《はなかわどちょう》の番屋に運ばれた。すでに膨満は収まってきたが、無惨さは変わらない。むしろ、幽鬼《ゆうき》のような有様だった。

戸板に載せる際にも、一太は顔を青から白くして、また吐いた。

小一時の間げっそりしていた一太だったが、韮崎に行方知れず者の届けが出ていないか、他の番屋をあたれと命じられると、安堵《あんど》の顔をして、一目散に出て行った。

一刻も早く、水死人から離れたくてたまらないという感じだった。

番屋には月番の差配《さはい》や町役人、書き役らがいたが、丁度、饅頭《まんじゅう》を食おうとしていたところに土左衛門だ。

すぐに包み直して、さも迷惑だという顔をした。

「韮崎さま、この骸はうちの町内の預かりですか？」

町役人が筵を被せられた亡骸へちらと視線を放った。

韮崎は腰から大刀《だいとう》を抜き、三和土《たたき》から一段上がった板の間に腰掛けると、「なにか都合でも悪いか？」と、首を回し睨《ね》めつけた。

「都合、とかでなく水死人の上がった川が、うちの地域だったのかと伺《うかが》っているんですが」

町役人はおどおどしつついう。町役人の気持ちはよくわかる。川でも通りでも身元不明の死者は、その町内で引き取る。それがお定めになっている。

韮崎は、大刀を杖《つえ》のようにして身を預けると、

「まだわからねえよ。ただ、ここが一番近い番屋だった」

あっさりいいのけた。町役人らはため息を吐《つ》く。韮崎が颯太に向き直った。

「で、とむらい屋。おまえは、心中者だと見るってわけか」

さあ、と颯太は首を傾げた。

「男のほうは上がっていませんしね」

「川を下っちまったんじゃねえか」

だとしても、と颯太は韮崎を見る。

「心中だったとしたら、さらしも考えなくてはならないでしょう？」

「お定めではな。ただ、心中損ないだろうが死骸だろうが、日本橋でさらされるが、女ひとり、しかもこの有様ではな」

亡骸を見せしめにするのは、見懲《みごら》し、つまり心中などすればこうなるのだぞという、庶民にたいしての戒《いまし》めの意味を持つ。

差配たち町役人らは顔をしかめ、亡骸の放つ腐敗臭に鼻をつまんでいる。

「どうだえ、この番屋で、行方知れずの者の届けは出ていないか」

韮崎が問う。

書き役の町役人が急いで帳面を繰る。

「そのような届け出はありませんね」

「だとすれば、別の町内か。こいつはやはり一太を走らせるしかねえな」

韮崎が考え込んだ。

「茶をくれ」

はいと、ふたりいた月番差配のうちのひとりが火鉢の鉄瓶から、茶を注《つ》ぐ。

韮崎が、湯飲みを手にしながら、

「茶を飲むのも気が滅入るな」

ひとりごちた。

「すいやせん。旦那。あっしはもう帰ってもよろしいですか。これから行かなきゃいけねえところがあるもんで」

颯太が頭を下げた。六助は帰されてしまった。別の舟で亀戸まで行かねばならない。

韮崎が首を回す。

「そいつは困るな。おまえが見つけたんだぜ」

「六助さんは、帰したではないですか」

「船頭は仕事があるからな」

「あっしだってそうですよ」

「つべこべいうな。どうせ、この骸もおまえのところで扱うんだろう。身元がわかりゃ、すぐに葬式だ。商売のためにも、いたほうがよくねえか」

颯太は、赤い唇を曲げた。

「そちらの方は？」

差配のひとりが訊ねてきた。おそらく韮崎の言葉が気になったのだろう。

「ああ、とむらい屋だよ。死人を相手に飯を食っているやつらだ」

韮崎は口角を上げた。颯太が頭を下げると、差配は得心した顔つきで、

「ああ、葬具屋さんですか」

そういって、得心したようにひとり頷いた。

「葬具屋には間違いねえが、弔い道具を貸し出す以外に、こいつはてめえの処《ところ》で弔いを取り仕切っていやがるのさ。だから、死人を相手に飯を食っているといったじゃねえか」

はあ、と差配は変わったものを見るような眼で颯太を見やる。

誰にどういわれても、取り立てて腹も立てない。それが生業《なりわい》だからだ。他人《ひと》の弔いを出して飯を食う。それがとむらい屋だ。

三

韮崎は顔をしかめた。

「さて、どうするか。女が駒形堂付近で上がったのなら、男の亡骸もおっつけ浮かんでくるかもしれねえな」

どうでしょうね、と颯太はいった。

「どうしてだい」

茶をすすっていた韮崎が訊ねてきた。

「なにか妙なんですよ」

「心中に妙もへったくれもあるかい」

男と女が示し合わせて、離れないよう手首にしごきを巻き付けたとすれば、女は右手、男は左手ではないかと思う、といった。だが、女の痣は左手首にくっきりとついていた。

「それが妙だってのか？」

「そもそも、心中ですかね」

韮崎が眼をさらに吊り上げた。

「おめえが、手首と足首に痣があるってぬかしたんじゃねえか。そのしごきで互いの手首を縛ったってんじゃねえのか」

「あっしは、そういっただけで、心中とは、はっきりいっておりませんよ」

なんだと？　と韮崎が眼を剝《む》いた。

「韮崎さま、左手をお出しください」

むっと眉間に皺を寄せ、韮崎が袖をまくり上げ左腕を突き出した。

「ちょっと失礼いたします」

颯太は、韮崎の隣に腰を下ろすと懐から手拭《てぬぐ》いを出した。

「なにするんだよ」

「いいからいいから、ちょっと我慢してくださいよ」

韮崎の左手首に自分の右手首を寄せて、手拭いを巻き始める。

「男同士で、ぞっとしねえなぁ」

「韮崎さまは端を持ってください」

巻き終えると、颯太は左手で手拭いの端を交差させ引き結ぶ。

「そこの差配さん、これを解《ほど》いてください」

「へいへい」

と、初老の差配が固結びにした手拭いを解いた。

「じゃあ、今度は逆の腕でやりましょう」

「おい、痛ぇよ。少しは加減しやがれ」

叫んだ韮崎に、颯太はふっと笑みを浮かべた。

「加減したら、心中なんかできませんよ。水に入った途端、解けたら困りますからね。もっとも水を含めば、さらに固くなりますが。差配さん、また解いていただけますか」

差配は、首を傾げながら、結び目を解こうとしたが、おやと首を傾げる。

「こちらのほうが、固いですな」

「そうでしょう。女は端を持つだけで、男が思い切り利き手で引いたほうがしっかり結べるのはあたりまえのことです」

「男の利き手が左ってことだってあるんじゃねえのか」

颯太は、首を横に振った。

「男の利き手など、どうでもよいのですよ。女の利き手であれば」

韮崎も、差配たちもぽかんとした顔をした。

「意味がわからねえ。とむらい屋、なにを考えてやがる」

韮崎が、袖を下ろして、厳しい眼を向けた。

「誰かに、痕を見つけてもらうのが目的だったんじゃないですかね。わざときつく縛りあげて」

颯太の言葉に韮崎が苛々と身を揺すった。

「おいおい、回りくどいんだよ」

三和土に下りた颯太が筵をめくり上げた。

町役人も差配も、あからさまに嫌な顔をする。韮崎は口に運びかけた湯飲みを置いた。

「夏でなくてよかったよ。すぐにウジがわいちまう」

差配がぼそりといった。

再びしごきに眼を向ける。芝翫茶《しかんちゃ》の裏梅模様のちりめんだ。

颯太は、亡骸に近寄ってちりめんを手に取った。ぐっしょりと濡《ぬ》れ、藻《も》や土で汚れている。しごきを手にしたまま考え込んだ。

初老の差配がにやにやと好色そうな顔をして韮崎へ膝を進める。

「相対死の前ってのは、アレが激しいってのは本当の話ですかね」

韮崎は、ふんと鼻で笑う。

「まあ、今生《こんじょう》で最期のまぐわいだからなぁ」

「ですが」

と、初老の差配は口をへの字に曲げた。

「とはいえ、生きていた頃はどんなべっぴんでも、こうなっちまうと哀れなものですなぁ」

もうひとりの差配が膝を乗り出した。

「万が一ですよ、男のほうが死に損なって、この女の姿を見たら、どう思うのでしょうね」

「いやはや、死ぬ間際に抱いた女がこんな酷《ひど》い姿になっちゃなぁ。もう他の女を抱く気になりませんでしょう。この姿がちらついて。ああ、諸行無常ですなぁ」

韮崎は、差配たちをじろりと見やる。

「仏の前でくだらねえことをごちゃごちゃいいなさんな。いい歳をして」

「申し訳ございません」

初老の差配がきまり悪げに頭を下げた。

「死骸が見つからねえほうが、幸せだったかもしれねえよ。ああ、花川戸《はなかわど》の他の差配連中にも報《しら》せてくんな。このまま身元が知れねえとなると、町で葬式を出してやらなくちゃいけねえからな」

初老の差配が不服そうな顔をする。

なぜ、ここに運び入れたのだと、いいたそうだ。

「韮崎さま。行き倒れなら、通りっ端で死んでいるんですから、町でなんとかいたしますけどね。土左衛門は別ですよ」

「さっきもいったろうが。ここが近い番屋だったんだからよ」

「いや、駒形町《こまがたちょう》のほうが――近い」

「戸板をここから運んできたのだ。あきらめろ」

韮崎にきっぱりいわれて、もうひとりの差配と顔を見合わせて押し黙った。

土左衛門は、見つかったところから、どの河岸に近いかで、対応をすることになっている。

大川ほど川幅があると無理があるが、幅の狭い掘割《ほりわり》などでは、向かい合う岸同士の町人が、土左衛門を棹《さお》で差し合い、相手方に寄せるようなことも行われる。

死人をないがしろにしているといわれれば、それまでだが、身元調べに、身内の捜索、葬式、埋葬など、煩雑《はんざつ》な上に、身内が見つからなければすべて町費でまかなうことになる。それを嫌って、無宿の死人や土左衛門は極力避けたいのだ。

差配たちの気持ちもわからなくはない。

「おい、とむらい屋、それがどうしたんだよ」韮崎が訊ねてきた。

颯太はじっとしごきを見つめながら口を開く。

「なかなか上物です。それに差配さん方、ご安心ください。町費は使わずに済みそうですよ」

手掛かりになりそうです、とにこりと笑って見せた。

「書き役さん、ちょいと筆をお貸しください」

要件のみをしたためた颯太は、書き役に差し出し、届けてくれるよう頼んだ。

「おい、応えろ」

韮崎の厳しい声が飛んだ。

「少々、気になることがありましてね」

「とむらい屋の勘、か」

「そんな勘などありはしませんよ。滲《にじ》み出てくる物をすくい取っているだけです」

　夕刻、血の気の引いた顔で番屋へ飛び込んできたのは、母親と父親、そしてまだ五つほどの幼い弟の三人だった。

　変わり果てた娘の姿に取りすがって泣いたのは母親だけだった。

弟は父親にしがみつき、姉の姿を横目で怖々見つめていた。

　娘の名は、八重《やえ》。歳は十六。奉公先から暇を出されて、しばらく家にいたが、十日前の早朝、不意にいなくなったと、父親が低い声でいい、白髪《しらが》まじりのぼさぼさの髷《まげ》を振った。

　住まいである田原町《たわらまち》の番屋へは行方知れずの届けを出したという。おっつけ、一太も息を弾ませ戻ってきた。「田原町で――」といいかけ、すでにふた親が来ているのを見て、眼をしばたたいた。

「ご苦労だったたな」

　韮崎が一太の肩をぽんと叩いた。

「で、おめえは、なんでわかったんだよ」

　颯太にそっと韮崎が近寄ってきた。

「あのしごきです。うちのおちえが欲しがっていた物と同じだったんですよ。本町三丁目の呉服商君津屋《きみつや》で扱っているものでしてね」

「その赤茶色のしごきを、か？」

「あのしごきは」

今をときめく役者の中村芝翫《しかん》が好んでいる芝翫茶と呼ばれている赤茶色だった。さらにしごきの意匠は、芝翫の紋である裏梅紋。

韮崎は得心がいかないというふうに口を開いた。

「芝翫贔屓《びいき》の娘なら、幾人も買っているだろうよ。なぜ、一人の娘に特定できるんだよ」

「まだ、店頭に飾られているだけで、売り出されていないものだからです」

韮崎の表情が変わった。

「君津屋へおちえを訪ねさせると、すぐにわかりましたよ。台所奉公していた娘が、主から暇を出された時にもらったものだろうと」

おちえはとむらい屋の一員だ。仏が女なら顔に化粧を施し、髪を整え、衣装を揃《そろ》える。あるいは、悲しむ遺族に代わって細々した用事をこなし、慰めもする。

「そういや、おちえも仏と同じ十六だったなぁ。おまえも酷い奴だな。うら若い娘にやらせる仕事じゃねえよ」

韮崎は唇を歪《ゆが》める。

「おちえが好きでやっているのですから、あっしがとやかくいうことじゃありません」

「好きでやってるか。おまえみたいに、身体中から死臭がするような娘はいくら愛らしくてもご免だな」

颯太は、薄く笑った。

母親は激しい泣き声とともに絞り出すような声を上げた。

「お八重、許しておくれ。あたしが悪かった。あんたを責めなきゃ、こんなことにならなかった」

母親は筵の上からお八重の亡骸にすがり、ぐっしょり濡れた髪を撫で続けていた。

「どういうことだ」

韮崎が父親に訊ねた。

じつは……と父親は顔を強張《こわば》らせながら、ぽつりぽつりと話した。

お八重が身ごもっていたというのだ。すでに四月。父親の名は頑《かたくな》に明かさなかったという。

「奉公先は君津屋で間違いねえか」

へい、と父親は頷いた。

「そこで男ができたんじゃねえのか？」

韮崎が厳しい口調で問いかける。

「決してふしだらな娘じゃねえ。真面目ないい娘だったんで。主人夫婦からも可愛がられて、台所から奥勤めをしねえかといわれていたくらいですから」

「なら、なんでこんなことになったのよ。どこの誰かもわからない男の子を孕《はら》んでさ。でも、あたしが流せっていったのがいけなかったんだ」

母親が髪を振り乱す。

「おめえのせいじゃねえ」

父親が、肩を優しくなぜると、母親ははっとした顔で、いきなり韮崎の裾にしがみついた。

「お八重はどこで見つかったんです」

韮崎を責めるような眼を向けた。

「吾妻橋の近くだ。おそらく身投げだろうぜ」

父親が眼を見開いた。

「お役人さま、うちのお八重は泳げます。きっとなにかがあったに違いねえ」

韮崎は首を横に振った。

「足首に痣があった。重石をつけたか、両脚をくくって飛び込んだんだろうぜ。覚悟の上だ」

颯太は韮崎を少しばかり見直した。心中という言葉を使わなかった。個人すら判別できないくらいの骸でも、親とすれば、心中者として衆人の好奇の眼にさらすのは堪え難いほどの辛さだろう。男の死骸も上がっていない。韮崎は事がはっきりするまでは隠すのだろうか。いや、この様子なら自殺として処理するつもりのようだ。それならば、亡骸は、家に戻すことができる。

颯太が韮崎を見ると、

「面倒はごめんだからな」

眼が語っていた。なるほど、心中で取り扱えば事が厄介になる。それを避けたかったのだろう。やっぱり韮崎らしい対応だ。

だが、父親はお八重が泳げるといった。

まことに心中なのか。覚悟の自殺か。あるいは、殺《あや》められたのか。颯太は、小難しい顔をして亡骸を睨《にら》む韮崎を見つめた。

四

颯太は、ようやく許しを得て新鳥越町《しんとりごえちょう》二丁目の塒《ねぐら》に戻った。

間口は三間《けん》。住居兼店になっている。板戸は開け放たれ、中からは、とんとんと木《き》槌《づち》の音が聞こえてくる。

颯太は、敷居をまたぐなり、

「勝蔵《かつぞう》さん、正平《しょうへい》、仕事だ。女用の早桶《はやおけ》を頼む」

身の丈は四尺五寸（約百三十センチメートル）、中肉、といい放った。

勝蔵は、黙って頷くと、弟子の正平に顎をしゃくる。若い正平が、壁に立てかけてある板を手にした。

店の土間には、早桶、四角い座棺《ざかん》などがところ狭しと置かれていた。

それ以外には、棺の上に掲げる天蓋《てんがい》、経文を綴《つづ》った幡《はた》、作り物の蓮《はす》の花、提灯《ちょうちん》などが棚やそこらに雑然と散らばっている。

土間から一段上がった店座敷では、おちえが粉を練っていた。

「おちえ、君津屋まで足を運ばせちまって、すまなかったな」

「おかえりなさい。結局、うちで弔いを扱うことになったんでしょ」

「骸を見つけちまったからなぁ。そうするしかねえだろう。重三郎《じゅうざぶろう》さん、来てないか？」

「少し前に寄ったけど、水死人だってあたしが告げた途端、逃げちゃったわよ。そういうのを眼にするのは苦手だって」

「武家出の医者のくせに意気地がねえのが困りもんだ。で、おまえも、手回しがいいな。もうお供えの枕団子作りか」

うん、と明るく声を上げる。枕団子は、死者の枕元に枕飯とともに供えるものだ。

おちえは母親とふたり暮らしだった。父親は、おちえが赤子の頃、品川の飯盛り女と駆け落ちして行方知れずになった。母ひとり子ひとりで細々と食い繋《つな》いできたが、十一のとき、母親が早馬に蹴《け》られて死んだ。

その弔いをしたのが、颯太だった。割れた頭と大きな顔の傷を丁寧に縫い合わせ、化粧を施した颯太におちえはかじりついてきた。

「こんなきれいなおっ母さんを見たのは初めてだよ。いつも忙しくて、化粧《けわい》なんかしたことなかった。白粉《おしろい》も紅も刷いてもらって、きっと喜んでいるよ」

おちえは颯太の胸の中でわんわん泣いた。

「そうじゃねえよ。おっ母さんがいっちきれいだったのは、生きてたときだ。化粧なんかせずとも、おめえを育てているときが一番輝いていたはずさ」

死化粧は、その御褒美だ。

それから、おちえは颯太から離れなかった。行くあてもなさそうだった。

「あたいもとむらい屋になる」

眉をきゅっと寄せていうと、ここに居座り続けた。

おちえは、母親を馬で蹴り殺した武士の家紋だけがいまも眼に焼き付いているらしい。

「いつか、詫《わ》びてもらうんだ」

そういっている。

颯太は、奥へ首を伸ばした。普段、颯太が寝間にしている座敷だ。

「道俊《どうしゅん》も、いないのか？」

「下谷《したや》の長屋。四十九日だって」

独りで飢え死にした爺さんだ。偏屈な爺さんで、長屋の誰も寄せ付けなかった。妙な臭いがすると、両隣の店子《たなこ》がいい出し、差配が様子を見に行くと、すでに死んでいた。

店子が不審死を遂げると、差配があれこれ番屋から詮索されることになる。医者の巧重三郎《たくみじゅうざぶろう》は、爺さんは胃の腑の病を抱えており、絶食して覚悟の自殺を図ったのだろうと、いった。弔いは、颯太が仕切った。

もう四十九日とは早いものだ。それにしても、道俊も人が好すぎる。たいした布施にもならないのに、経だけはあげてやっている。

「身ひとつあれば、経はどこでもあげられますから。もっとも喉《のど》だけは大事にしております」

そういっては、飴玉をいつもしゃぶっている坊主だ。目黒飴といわれる白いさらし飴が気に入りだ。道俊はどこの寺にも属さない渡り者だ。比叡山で修行しただの、高野山には三年世話になっただの、いく先々で適当なことをいっている。結局、どこで修行したものか、誰も知らない。ただ、いくつ経文を覚えているものか、その家々の宗派を聞いて、きちんと唱えることができる。しかも、その声がすこぶるいいので、弔い先の婆さんなど、死んでも聞きたいと、わけのわからないことをいう始末だった。

「で、おちえ、お八重のことは他になにかわかったのかい？」

おちえは、馴れた手つきで団子を丸める。

「それがね、お八重さん、台所奉公なのにいつも主の娘さんのお稽古《けいこ》の供をさせられていたそうよ」

颯太は、ふうんといって火鉢の前に座った。

「娘ってのは、いくつだい？」

「十、だったかな。お裁縫と手習いで、だいたい二刻《ふたとき》ほど」

手習いのあとに、昼餉《ひるげ》をとりに一旦家に戻り、またすぐに裁縫の稽古に出掛けるのだという。

「それが一日置きっていうんだから、大店の娘は大変よ」

あたしが十の頃は路地で遊んでた、とおちえはいった。

「でもお稽古を受けている最中、待っている時もあれば、お店の用事を済ませるために、送り迎えだけの時もあったそうよ」

「で、あのしごきのことだがな」

颯太が訊ねると、途端におちえが拗《す》ねたような、憤るような表情を見せた。

「お八重さんだけだったんだって。しごきをもらったのは。皆、角《つの》出してた」

「そいつは怖いな」

颯太は苦笑した。

「あたしだってさ、あのしごきに憧れるもの」

「おちえちゃんは、芝翫贔屓だからな」

雑用をこなす寛次郎《かんじろう》が口を挟んできた。

「別に構わないでしょ。きれいな役者はきれいなんだから」

おちえは唇を尖《とが》らせる。

「これは噂なんだけど、お八重さんと同じ頃に奉公を退いた女《ひと》が、お店からかなりの金子《きんす》をもらっていたんだって」

「金子？　どれくらいだ」

「そこまでは、わからないけれど。あまりいい噂のない女だったわよ」

使いに出れば寄り道し、店の手代や出入りの若い小間物屋には色目を使う。店でも持て余していたという。

そんな女に退き金を渡したというのか。

「だからね、金をやって出て行かせたんじゃないかっていう話よ」

上野のね、とおちえはその女が住む長屋をいった。

颯太は、火鉢の上から鉄瓶をとって、白湯《さゆ》を湯飲みに注《つ》ぐ。

「ところで、おちえ、今度の仏はおまえと同い年の娘で、入水だ。髪も抜けて――もっとも剃《そ》る手間が省けるけどな。顔の肉も見えちまってる。どうする？」

男女の別なく仏になる者は髪を剃る。

おちえは、同い年、と呟《つぶや》いたが、颯太をすぐに見据えるようにした。

「お生憎《あいにく》さま。あたしなら大丈夫。さんざん、颯太さんに仕込まれたもの。幾つ亡骸をみせられたと思っているの？」

「はっ、違《ちげ》ぇねえ。むしろ、入ったばかりの寛次郎のほうが心配だな」

「若い娘だから棺に入れるまで髪はかもじで膨らませて、顔は頰に綿を詰める？」

「髪はそれで頼むが、顔は、肉が見えちまってる。どうするか――？」

おちえは、団子を作る手を止めた。

「紙を貼ろうか。薄い鳥の子紙を濡らして重ねて顔に載せたらどうかしら。その上から白粉を刷くのはどう？」

なるほど、やってみよう、と颯太は頷く。

「ちょっとでも、以前の姿に戻してあげたいもの」

おちえのいうことは颯太にもわかる。

けれど、死んでしまえば、本人はどう見られているかなんぞわかりはしない。無残な死に様を見て、嘆くのは残された者たちだ。

膨れた目玉を押し込むのもやらねばなと、息を吐く。

「処は、田原町の信助長屋だ。父親の名は与八《よはち》。植木屋だ。母親はおてい。仕出しは花川戸町の一蝶《いっちょう》に注文済みだ。すだれと、忌中《きちゅう》の貼り紙、提灯は寛次郎に任せる」

「あの、長屋の差配には」

「幸い花川戸町の番屋は亡骸を運んだ場所だ。もう伝わっているだろう。それと、道俊の袈裟《けさ》と、鈴《りん》、木魚《もくぎょ》、金剛杵《こんごうしょ》も用意しておくんだぜ。あとは経帷子《きょうかたびら》を着せるかどうか、父親に訊いてくれ」

わかったな、と颯太は寛次郎へ命じる。寛次郎は、懸命に帳面へ筆を走らせる。

「頼んだぜ」

と、颯太は腰を上げた。

「どこ行くの？　颯太さん」

おちえの問いに、颯太は振り返る。

「手間かけるが、もう一度、君津屋へ行ってくれねえか」

「それは構わないけど、お八重さんの弔いのこと伝えるの？」

「それもある。いいか、主の多兵衛《たへえ》を呼んでこういうんだ」

颯太は、おちえの耳元で囁《ささや》くようにいった。

おちえは強く頷くと、颯太の行き先を訊ねてきた。

「上野の長屋だ。君津屋から、弔い料をがっぽりふんだくってやる」

颯太は、頬を緩めた。

五

日が落ちかける頃、雨が降り始めた。辺りが灰色に沈む。溟雨《めいう》だ。

信助長屋の一番奥。提灯の明かりが、薄く光っている。障子戸は外され、代わりに忌中の貼り紙を貼ったすだれを垂らしている。家から溢れた人たちのすすり泣きと、道俊の読経が洩《も》れ聞こえてくる。相変わらずの美声だ。

「南無大師遍照金剛――」

小僧に傘を差しかけられた中年の男が、木戸を潜《くぐ》ってきた。柿色の上物の羽織を着て、長屋をぐるりと見回す。雨でぬかるみ始めた土に下駄の歯がめり込み、高い鼻《び》梁《りょう》に険しい皺を作った。

君津屋多兵衛だ。やはり来た。

雨よけに笠をつけた颯太は、「ご苦労さまでございます。こちらへ」と、多兵衛に頭を下げつつ、お八重の家へ促す。

歳は、三十二、三というところか。なかなかの色男といっていい。ただ、それを自分でも承知しているのだろう、その仕草が嫌味なほど、溢れ出ていた。

「この度は、ご愁傷さまでございました。手前は、君津屋多兵衛でございます」

お八重の母親おていは顔を上げずにいた。鼻の頭を赤くしていた父親の与八が、おい、とおていの肩を叩き、慌てて多兵衛に頭を下げた。

「わざわざ、おいでくださいましてありがとうございます。こちらこそ、お八重がお世話になりました」

ぼそぼそと小声で言った。

「ただの奉公人の一人でありますのに、こうして、ご主人が足を運んでくださったことを喜んでいるでしょう。さ、どうぞ、お上がりください。狭い処ですみませんが」

与八は、大店の主である多兵衛に気後れしているのか、顔を伏せたまま、おどおどしていた。長屋の店子たちも多兵衛に遠慮して、お八重の家の向かいの軒下に立ち、雨をしのいでいる。

多兵衛は、土間に立ったまま動かなかった。お八重の亡骸を納めた早桶を睨め付けるように見ている。

と、多兵衛が急に小僧を振り返った。

小僧が胸に抱えていた風呂敷包みを解き、菓子折りと袱紗《ふくさ》包みを座敷に置く。

「供物《くもつ》と、些少ではございますが、お八重さんにはこれまで店に尽くしてくれたお礼をと思いまして」

「ご丁寧にありがとうございます。どうぞこちらへ。娘を見てあげてくださいませ」

と、与八が声を詰まらせつつ再び多兵衛を促す。

多兵衛が険しい顔で棺を見つめる。

「与八さんがああいってくださっております。さ、どうぞお上がりください」

颯太が多兵衛の背に声を掛けた。

「いや、私はもうおいとまいたします」

「お八重さんを可愛がっていなすったんだ。お顔を見てあげてくださいよ。仏のためです」

結構ですよ、と多兵衛が薄ら笑いを浮かべる。さも迷惑だといいたげだ。

「うちで働いているならまだしも、辞めた奉公人の急死を聞かされて、わざわざ主の私が雨の中こうして来たんです。有り難く思ってもらえればそれで」

もう、うちとはなんのかかわりもないのだから、と多兵衛がぴしゃりといった。

「だいたい、いちいち報せにくる必要もなかったのじゃないかね」

多兵衛は、棺の側に座っているおちえを見る。

「ごもっともで。申し訳ねえです」

与八が肩を竦《すく》めた。おていは、幼い弟を膝に乗せ、多兵衛をじっと見つめた。

「誰のせいですか？」

おていが唐突にいった。

「よさねえか。いきなり何をいってやがる、失礼だぞ」

「お八重が死んだのは、誰のせいですか？　あの娘《こ》は身ごもっていたんですよ。お店のご主人が知らないなんていわせませんよ。だから暇を出したんじゃないんですか」

与八の制止も聞かず、おていが身を乗り出した。店子たちが、ざわざわし始めた。

多兵衛が、ゆっくりと微笑《ほほえ》んだ。

「なんのいいがかりかな。お店の誰かが、お八重さんを孕ませたとでもいうのですか？　娘さんが急にお亡くなりになったんだ。さぞやお辛いでしょうが、それをうちのせいにされても困りますね」

多兵衛は、やれやれとばかりに首を振る。おていは多兵衛の言葉を聞かず、さらに続けた。

「お八重の腹が膨らんできたら困りますものね。他の奉公人に気づかれないうちに辞めさせたんだ。しばらくぼんやりしていましたが、十日ほど前に不意に家を出て、あの娘は死んだ。相手は誰なんです？　娘はなにもいわなかった。男を庇《かば》ったんです。そんなのってありますか？　腹の子と一緒に死んだんですよ」

　おていの声は徐々に悲痛な叫びになっていた。

「ご母堂、落ち着きなさい。お八重さんの前ですよ」

　おていが多兵衛に食ってかかるのを、道俊が止めた。舌打ちした多兵衛が、踵《きびす》を巡らせ、敷居の外に出る。

「少々話が突飛すぎて、聞くに堪えない。さ、帰るよ」

　戸惑った顔をしていた小僧が、はいと返事をする。

「ずいぶんな物言いですね。主人自ら、ここに出向いて来ておきながら」

　颯太は、背中を向けた多兵衛を笠の内から、上目に睨んだ。多兵衛が振り返る。

「それは、元奉公人の急死を報されれば、主人として、当然でしょう。私の娘もお八重さんにはよく懐いていましたから」

「本当は、たしかめに来たんじゃありませんか？　都合の悪いことを」

「都合が悪いとはなんだ」

　多兵衛が気色《けしき》ばみ、突然声を荒らげた。周りの者たちが、妙な顔をする。

粗末ななりをしている店子たちを、多兵衛は冷たい目で見回し、ふんと鼻を鳴らした。

「お兼《かね》って女ですよ。お宅の元奉公人の。いまは上野の長屋にいます」

颯太が小声でいうと、多兵衛は眉間に皺を寄せた。

「ああ、あの怠け者のお兼ですか。すでに辞めてもらいましたがね、あの女がどうかいたしましたか」

「銭を渡すとぺらぺら話してくれました。上野の池《いけ》の端《はた》の出合茶屋といえばおわかりになるはずですが。茶屋の名も申し上げましょうか？　娘さんの稽古のとき、誰と落ち合っていたかも」

颯太は多兵衛に近寄るとさらに声を落とした。多兵衛は顔色ひとつ変えず、なるほど、と頷いたあと、あのおしゃべり女が、と小さく吐き捨てた。

多兵衛は、再び土間に入り、お八重のふた親を交互に見た。

「さ、金子を受け取ってください。お八重さんには大層世話をしてもらったのでね」

多兵衛は、腰を屈《かが》め袱紗を押し出した。

「大層世話をしてもらったというのは、どういう意味ですかい？」

不穏な気を察した与八が声を震わせた。

「言葉通り、それだけのことですよ。それともこれではまだ足りませんかね？」

颯太は横から袱紗包みを無造作に摑んだ。

「なにをするんだ」

多兵衛の怒鳴り声を聞き流し、颯太は重みを確かめた。

「十両はありそうだ。それこそ、もう辞めた奉公人にこれだけの金子を渡しますかね」

「あんたは誰だい。さっきから一体、なんなんだね」

多兵衛は、今気づいたというように、颯太を改めて見た。

「私はとむらい屋でございますよ。死人をあの世へ送る役目を引き受けております」

そうかい、とひと言洩らし、多兵衛が蔑《さげす》んだ眼差しを向けた。

こんな眼は、いつものことだ。汚れた者、不浄の者を見るような、そんな視線だ。

もう馴れっこだ。

線香の香りが鼻先をかすめる。

「そいつは、ご苦労なことだね。こうして葬式をしてもらえたお八重も幸せだ」

「幸せ？　死人はもうなにも感じやしませんよ。ところで、お八重さんがどう亡くなったか訊ねもしませんね。まったく気になりませんか？」

「入水なんだろう、知っているから聞かないだけだ」

　多兵衛はしらっといい放った。

　颯太は、ほう、と感嘆した。

「誰も入水だなんでいっておりませんよ。お八重さんのおっ母さんもね」

「いや、私は聞いたぞ。そこの小娘が、店に伝えに来たじゃないか」

　おちえが、眼を丸くした。

「あら、あたしがお伝えしたのは、自殺したってことだけです。入水だなんて一言も口にしてません」

「脅しか？　そうか、私を脅そうというのだな。なんて茶番だ」

　多兵衛はくつくつと笑った。

「十両じゃ足らないというなら、初めからいえばいい。どれぐらい欲しいんだ？　え？」

　多兵衛が声を張り、懐から革財布を取り出し、銭をばらばらとあたりへ散らばせた。

「娘が私のせいで死んだとでもいうのかい？　冗談じゃない。困らされていたのは、私の方だ。子が出来たから一緒になれだの、それが出来なければ、家を持たせろだの。図々しいにもほどがある」

挙句、一緒に死んでくれといったのだと、多兵衛は口元に嘲笑《ちょうしょう》を浮かべた。

「吾妻橋から飛び降りるといったんだ」

「それで、入水したとご存じだったわけですね。本当にお八重さんの骸はひどいものでした。君津屋さん、よかったですね。入水はするものじゃありませんよ。どんない い女もいい男も台無しになる」

ぶよぶよに膨らんで、赤黒くなって、皮膚が剝け、髪が抜け落ち、最後は骨——。

多兵衛の顔色が変わる。

「お八重さんに会ってあげてください。今生の別れですから。君津屋さんからいただいたしごきを痕がつくほど、手首にきつく巻き付けておりました」

「汚らわしい。心中に見せかけて、私を陥れようとしたのだろう。浅はかな娘だ、私は知らないよ」

多兵衛は冷ややかにいった。

「一度や二度、抱いたくらいで本気になる男がいるかね？　今の暮らしを捨てる馬鹿がいるか！」

こんな貧乏長屋の小娘のくせに、妙な夢を見るほうがどうかしている、と多兵衛は、端整な顔を醜く歪ませた。

これが、この男のまことの顔なのだろうと、颯太は思った。

おていがわっと泣き伏した。弟は母親の姿に仰天してしゃくり上げ始める。

与八は膝の上に腕を突っ張り、多兵衛の雑言を懸命に堪えていた。

「危うく無理心中させられそうだった私の迷惑を考えてくれ」

多兵衛が身を返した。

長屋の店子たちが多兵衛に近寄る。小僧は身を震わせ、主人を見上げた。

「なんだ、お前たちは。私は君津屋多兵衛だ」

「知らねえよ、そんな奴」

「お八重ちゃんを苦しめた奴なんだろう」

「おめえが殺したも同然じゃねえか」

誰ともなく声が上がり、多兵衛に詰め寄り始めた。

「や、やめろ。なにをするんだ。とむらい屋、こいつらを止めろ」

颯太は、知らぬ顔で小僧の腕を引いた。

「おめえはかかわりねえからな。こんな大人になるんじゃねえよ」

小僧は、足をがくがくさせて頷いた。

「皆の衆、ちょいと待ってくれ」

与八が立ち上がった。多兵衛が幾分ほっとした顔をする。

父親は、足を踏みならして土間に降り立つと、多兵衛の胸ぐらを絞り上げた。

鈍い音とともに、多兵衛の悲鳴が上がった——。


町木戸が閉まる寸前、韮崎が長屋の木戸を潜ってやって来た。

「これは韮崎さま。ご苦労さまでございます」

颯太が頭を下げた。

「お八重に線香だけでもあげさせてくれ」

「どうぞ、お願いいたします」

韮崎は、お八重のふた親に挨拶をすると、手を合わせた。

「ところでよ、とむらい屋。木戸の外でぼろ雑巾みてえに転がってる奴がいたが、どうしたんだえ。小僧が隣でしゃくりあげていたが、なんとかしてやったほうがいいかな」

颯太は、さてと首を捻《ひね》った。

「どこぞの間抜けが勝手に転んだのでしょう。地面が雨でぬかるんでおりますから」

「そうだな。酒でも飲んでたか」

「そのうち目覚めるでしょう」

颯太は、棺を静かに見つめた。

翌日、雨はすっかり上がった。

道俊が先頭に立ち、勝蔵と正平が担いだ棺は、墓場へと向かう。

ふた親とお八重の弟、長屋の店子たちが葬列を作った。もの哀しさはあっても、そこには憂いはないように、見送った颯太の眼には映った。

お八重の家に戻ると、片付けをしていたおちえが呟くようにいった。

「お八重さん、弄《もてあそ》ばれただけだったのも知っていたのよね」

颯太は、おちえをちらりと見る。

「なら、わざわざ手首に痕までつけて心中に見せかけたのはなんのためだと、おちえは思うんだ。多兵衛への当てつけじゃないのか?」

うん、とおちえが考え込んだ。

「違うと思う。先に逝《い》って、君津屋さんを待ってるってことじゃないかしら。だから、もらったしごきを手首に巻いたのよ。目印になるように。そのほうが怖くない?」

颯太は、くすりと笑みを洩らした。

「たしかにな。君津屋もおちおち死ねないな」

「でも、お八重さんは間違ったわよね。死んじゃだめ。お腹《なか》の赤ちゃんを殺したのはお八重さんになっちまったんだもの」

颯太は応えず、皿や茶碗を重ねて、流し場に置く。

そうだ。吉原の妓の櫛を忘れていた。どうせなら、お八重のしごきも一緒に亀戸天神に埋めてこよう。櫛は藤棚の下。裏梅紋の意匠のしごきは梅の木の下だ。ちょうどいい。

君津屋からせしめた弔い料は五十両。お八重を孕ませたこと、入水に追い込んだことを口外しないという約定を交わしたのだ。お八重一家と信助長屋の連中と分けるとなると、ちょいとばかり足りねえか、と颯太はひとりごちた。

韮崎の処へも行かねば、と颯太はげんなりした。君津屋に大怪我を負わせたお八重の父親与八と店子たちの目こぼし料を上乗せするのをうっかり忘れた。韮崎に、どれだけ要求されるか。まさか君津屋に乗り込んで、あと五十寄こせともいえない。

ああ、悔しい、とおちえがため息を吐いた。

「君津屋さんにお八重さんを見せてあげればよかったのよ。綺麗に化粧ができていたんだから。でも、お八重さん、亡骸が上がってよかった。入水は見つからないことも多いでしょ。きちんと弔ってあげられたもの」

「弔いは、死人のためにやるんじゃねえよ」

「あら、そんなこといっていいの。迷わないようにあの世に送ってあげるんでしょう？」

颯太は、苦笑した。

「だいたい、あの世なんか、あるかどうかわからねえよ。逝って戻ってきた奴がいねえからな」

それはそうだけど、とおちえが拗ねたようにいう。

「じゃあ、どうして弔いなんてするのよ」

「残された者のためだ」

おちえが首を傾げた。

「そのうちわかるさ」

颯太はふざけて木魚を叩く。

ぽくっと、軽やかな音が響いた。

第二章　幼なじみ

一

底冷えのするような寒さだった。早朝の霞《かすみ》は、細かな雨粒のように冷たく、視界を白く遮《さえぎ》る。不確かな足元に気を払いながら、道俊は幽境《ゆうきょう》に足を踏み入れたような思いをしている己を、少しだけ笑った。

浅草寺《せんそうじ》の仁王門に近い支院の一つから、浅草広小路に向かっていたが、隣にいるはずの兄弟子《あにでし》の姿もおぼろげにしか見えなかった。

「久しぶりに会えて嬉《うれ》しかったが、いま、どこの寺で世話になっているかは、やはり明かしてはくれないのか」

声だけが霞んだ空気の中に響いていた。

「寺ではありませんのでね」

「寺ではない？」

道俊は笑みを浮かべた。といってもその笑みは、兄弟子には見えないだろう。道俊は、とむらい屋に居候《いそうろう》している。主人の名は颯太だ。

「まあ、おまえは昔から変わっていたからな。いつでも顔を見せに来てくれ。歓迎するよ」

「ありがとうございます」

兄弟子の穏やかな声に道俊は、頭を下げる。

朱《しゅ》塗りの雷門がぼんやりと見えてきたとき、その柱の下に何かが見えた。

道俊は目を凝らす。

人——。

両膝を立てて、俯《うつむ》いて座りこんでいた。腕はだらりと垂れ下がり、柱にもたれかかっている。痩《や》せこけた餓鬼《がき》のようにも思えた。

「道俊！」

兄弟子とともに、道俊は白い闇の中を駆け出した。

医師の巧重三郎が、薬籠《やくろう》をぶら提げながら苦い顔をして入って来た。

棺桶《かんおけ》作り職人の勝蔵とその弟子《でし》の正平は重三郎に軽く会釈《えしゃく》だけをして、木枠を作る作業に追われている。

「なんだよ、また弔いかい?」

「余分に作っておかねえと」

勝蔵は言葉少なに応える。

「死人がいつ出てもいいようにか。用意のいいことだな。医者のおれを前にしてよ」

重三郎の皮肉が飛ぶ。

颯太は、取った筆の手を止め、重三郎の顔を見るなりいった。

「そのお顔からすると、また峰家《みねや》のご隠居ですか?」

重三郎は、ああと応えて、頷《うなず》いた。

「相変わらずだ。もう駄目だ。もうご先祖さまがお迎えにきている、と言い続けている。それでも、まだ生かしてくれと、まだ生きたいとわめくのだ。いい加減にしてもらいたいものだ。その度に呼び出される」

「ですが、その度に薬袋料はいただくのでしょう」

からかうように颯太がいう。重三郎は、勝手知ったるとばかりに薬籠を框《かまち》に置くと、履き物を脱ぎ、

「それは当然だ。遊びではなく、病人の診立《みた》てに行くのだからな」

土間から、板の間に腰を下ろした。重三郎は慈姑頭《くわいあたま》に結んでいる総髪を撫《な》でた。少々気に入らないことがあるときの癖《くせ》だ。

重三郎は、武家の出である。次男坊であったことから縁戚の医者の家に養子に出たのだ。医者としての腕はそこそこあるが、とむらい屋に出入りしているせいか、あまりいい噂はたっていない。

「ただな、少々気になることはあるのだ」

重三郎が顔をしかめた。

「峰屋の嫁から聞いたのだが、隠居は思い残していることがあるんじゃねえかというのだ」

「そりゃあ、思い残すことなく死ねる人間なんかそうそういやしません」

颯太は、文机《ふづくえ》の上を片付け始める。

「おまえはいつも物言いが冷てえな。医者にはなれねえ」

「当たり前ですよ。おれが相手にしているのは死人ですから。もう口も利きませんし、文句もたれません」

颯太は重三郎を見つめて、にこりと笑う。ただ、その分、死人の声なき声を聞いてやるのが、とむらい屋だと思っている。

重三郎は盆の窪に手を当てた。

「まあ、いずれにせよ、あの隠居は長くはねえ」

峰屋の弔いなら豪華なものになるな、と颯太は思った。奥の座敷からおちえが出てきた。

「あら、いらっしゃい。重三郎さま。いまお茶をお淹《い》れしますね」

おちえがいうと、重三郎は指を丸めて、口元で呷《あお》るような仕草をした。

「おちえ、どうやら酒の方がよさそうだぞ」と颯太は笑みを浮かべた。

「あら、また面倒な病に当たってしまったの？」

「峰屋の隠居だよ」

颯太が伝えると、幾度も聞かされているおちえは、心得顔で頷き、踵《きびす》を返しかけた。

ああ、くそっと、颯太が反古《ほご》を丸めて放り投げる。

「だめよ放り投げちゃ、散らかるでしょう」

おちえは強い口調でいうと、屈《かが》んで丸めた反古を拾い上げて開く。

「相変わらず筆が上達しないわね」

忌中《きちゅう》の文字を書くのはどうも苦手だ。そのため雑用に寛次郎《かんじろう》を雇ったのだが、寛次郎もあまり筆は得意ではなかった。

「大きなお世話だ」

颯太は、赤い唇を曲げて腕を組み、首を回した。

「道俊もどうだ？」

仏具を一列に並べ、金剛杵《こんごうしょ》をせっせと磨《みが》いている道俊へも、声をかける。道俊は涼しげな眼をちらりと向け、柔らかな笑みを浮かべる。

「私は坊主ですから。酒はたしなみません。般若湯《はんにゃとう》でしたらご相伴《しょうばん》いたします」

「般若湯とはよくいったものだ。ようするに酒じゃないか」

颯太は笑いながら、おちえに酒肴《しゅこう》の用意を頼んだ。

「すまねえな、おちえちゃん。肴《さかな》に贅沢《ぜいたく》はいわねえよ」

重三郎がいうや、「当然でしょ」とおちえは笑いながら奥に入った。


勝蔵と正平、寛次郎が酒の匂いに鼻をひくつかせて、寄り集まって来る。

「おいおい、ここで通夜《つや》でもやろうっていうんじゃねえんだから」

颯太がいうと、

「どうして颯太さんは、そういうふうに考えるのよ。ただみんなでお酒を飲むだけでしょ」

おちえが、眉をきっと上げた。

「颯さんはとむらい屋だからなぁ。人が集まるとみな、弔いになるんだろうよ」

重三郎が酒をなみなみ注いだ湯飲みを口から迎えにいく。

「因果な商売」

おちえが颯太を横目で見やる。

二

重三郎が、早速、酒を飲み干していった。

「そういえば、今朝、浅草寺で凍え死にした老爺《ろうや》が見つかったそうだな」

「なぜ、ご存じで。ああ、峰屋さんが田原町《たわらまち》でしたね」

「結構な騒ぎになっておった」

道俊が、浅草寺の雷門で見つけた死人のことだ。公事訴訟《くじそしょう》で江戸に来た年寄りだったらしい。町奉行所扱いの訴訟で江戸に出て来た者たちは、馬喰町《ばくろちょう》の公事宿《くじやど》に逗留《とうりゅう》することが定められている。公事宿は、江戸宿ともいわれ、煩雑《はんざつ》な訴訟の手続きの代行も行っていた。

しかし、訴訟人たちが江戸に来たところで、すぐに吟味《ぎんみ》やお調べが進むのは稀《まれ》で、長期にわたり居続けなければならなかった。

その間、江戸に親類縁者のある者は訪ねに行ったり、のんきに江戸見物をしたりする者も少なくない。

「その年寄りもそうした者だったのかもしれないな」

「けれど、七十近い老爺をひとりで江戸見物に出しますかね」

「公事宿では、訪ねて行きたいところがあると話していたらしいですから」

道俊が湯飲みを口につける。

たまたま、死んだ老人の傍《かたわ》らに、逗留していた公事宿の名入りの手拭いが落ちていたところから、身元が判明したのだ。そうでなければ、無縁の者として葬られていた可能性もなくはない。もっとも、村の者たちも捜しに出、公事宿のほうからは、一晩戻らない老爺がいるという届けが番屋に出ていたのもあって、すぐに結びついたという話だった。

「弔いは？」

重三郎が颯太に訊《たず》ねてきた。

「もちろん、うちじゃありません」

「道俊が見つけたのにか？」

「公事宿さんが入っておりますからね。村から出てきた者たちが、線香あげて、ちょいと送ってやっただけのようです」

素っ気なく颯太はいった。そうか、と重三郎は頷く。

「経は私があげました。これも仏の縁でしょうから」

道俊が合掌した。

「お坊さんに見つけられてよかったわよね」

おちえがいった。

「公事で江戸へ出てきて、うっかり迷子になっちまったのか、いずれにしてもゆんべはえらく寒かったからな。凍え死んでもおかしくはねえだろうな」

颯太が息を吐く。

凍えて死んだ者の亡骸《なきがら》はきれいだ。そのままの姿形を留め、白蠟《はくろう》のように透き通る。糞尿は垂れ流していたらしいが、それくらいは当たり前のことだ。寺で見つかったのも幸いだった。これが、草むらだの、路地裏であると、野犬などに食い荒らされ、見るも無惨な姿となる。颯太は幼いころ、人の腕を咥《くわ》えている野良犬を見かけたことがあった。人も食い物になるんだな、そう感じた。

浅草寺の死人は下帯一枚の姿だった。袷《あわせ》も、綿入れもあたりには見当たらなかったと道俊がいった。

「誰かが盗みとっていったのかもしれないですがね」

酒が入ったせいか道俊の色白の顔が赤くなってくる。

「ねえ、下帯一枚だなんて、はなから凍え死にする気だったのかしら」

おちえが、もじもじといい辛そうにしながら首を傾《かし》げた。

その様子がおかしかったのか重三郎は、酒を吹き出し、そうじゃない、といった。

「不思議なことにな、人は寒いと、急に熱を感じるのだそうだ。それで脱いじまうって話を聞いたことがある」

へえ、と応えつつも、重三郎の言葉に、おちえはまだ得心がいかぬような顔をした。

「寒ければ、襟元《えりもと》も合わせるし、ぶるぶる震えがくるでしょうに」

「そこさ。寒さでその場から動けなくなって、震えるほどになる。そうすると見えないものが見え出したり、頭が朦朧《もうろう》とし始める」

そんなの嫌だ、とおちえが身を強張《こわば》らせた。

「妖《あやかし》とか、そういう類《たぐい》のもの？」

重三郎に、怖々訊ねる。

「そいつは、わからん。すんでのところで助かった者の話を耳にしたことがあるが、ご先祖が出てきたり、暖かな座敷にいたり、そんなふうらしい。それが過ぎると、急に身体が暑くなるらしいんだな」

重三郎が医者らしく頷きかける。

「おかしなものね。身体は寒いと思っているのに、頭では暑いって勘違いするなんて」

「人の身体ってのはわかんないことだらけだよ。だから盗まれたとしてしまったほうがわかりやすい」

颯太はさらりといいのけた。

おちえは、妙な話といって取り合わなかった。

死んだ老人の名は加平次《かへいじ》。訴人《そにん》仲間にも江戸に知り合いがいると嬉しそうにいっていたらしい。が、共に江戸へ下ってきた村人たちも、その知り合いがどこに住んでいる者であるかまでは聞かされていなかった。

庄屋の名代で来た年寄りらしく、これでは訴訟が進まないと、皆頭を抱えているという。

「駆け付けたお役人も不審な死ではなく、迷っているうち疲れが出て、座り込んで死んだのだろうと。傷もなにもありませんでしたからね」

ふうん、と重三郎は、大徳利の酒を手ずから湯飲みに注ぐと、ひと息に呷《あお》った。

「まあ、年寄りのことだ。卒中でもおこしたか、急な心の臓の病かもしれないけどな」

なんにせよ、座したまま眠るように逝《い》ってたんなら、早桶に納めるのも楽だっただろうと冗談ともつかぬことを颯太はいった。

人は死ぬと身が徐々に硬くなり、約半日かけて全身が固まる。それが二、三日続いた後、今度は緩やかに解け始めるが、夏場でも二日、冬ならば四日はかかる。棺は座棺であるから、そんな悠長に待っていられない。硬直前に納棺を終えなければ、手足が突っ張ってどうにもならなくなる。

「座って死んでいたのが、幸いというのもおかしなもんだがな」

重三郎が憐れむようにいい、肝心の公事はなんだったのだ？　と道俊へ訊ねた。

「土地の代官と揉《も》めたとか、そういう話でした。水害で収穫時の田畑が一面やられたそうで、その年の年貢の減免を要求してたらしいですね。けれど、代官としては、そうですかと了承するわけにはいきません」

結局、五箇村《ごかそん》が会合を持って、奉行所に訴え出たらしい。

訴えは受理されたが、裁きは、たとえ遠路であろうと、農繁期であろうと差し紙が届けば、江戸に出頭しなければならない。その際の費用一切は村の負担になる。勝ち目がなければ、ほぼ泣き寝入りだ。たとえ勝訴しても、それまでの費《つい》えで損をすることもある。

「爺さんの遺《のこ》したものはあったのか」

重三郎の問いに、

「白髪の髷《まげ》と胸に下がっていた小さな守り袋ぐらいですかね」

道俊は応えて、酒を口に含んだ。

「聞くところによると、その加平次さん、江戸生まれだそうですよ」

ほう、と重三郎が声を上げた。

「在郷《ざいごう》の者の話によれば、八つぐらいのとき、江戸の縁戚から養子に入ったそうです」

たった八つでは、江戸の町も覚えてはいないだろうと、重三郎はぐいぐい酒を飲む。

飲むのは好きだが、酒豪ではない。すでに眼の周りを赤くしている。

「ちょっと、重三郎さま、飲み過ぎですよ。まだ往診があるのじゃないんですか」

酔っぱらって診立てをされたらたまりません、とおちえが膝詰めで叱《しか》る。

わかった、わかった、と重三郎はいいながら、またも湯飲みを口に運ぶ。

「おちえちゃん、贅沢はいわねえといったが、肴は煎餅と団子しかないのかい？」

「先日のお弔いのお供えとお礼」

「なんか辛気臭えなぁ」

重三郎が苦笑いしながら、煎餅を齧《かじ》る。

「ところで。峰屋の隠居は、どうなんです？　ほんとのところ」

ん？　と重三郎は身を揺らしながら颯太を見やり、息を吐いた。

「胃に岩（癌）がある。もう他の臓器にも移っているようではあるなぁ。そう長くはないだろう。もって半月か」

おちえが、気の毒そうに眉を寄せた。

自分の身体だ。峰屋の隠居は死期を悟っている。いつ迎えが来てもおかしくはないといい、痛みと息苦しさを訴える。いっそ殺してくれと騒ぐこともあった。

「おれには、もうどうにもできん。痛み止めも気休めだ。飯が食えなくなったら、もう駄目だ。早晩、道俊の出番だな。ま、隠居に経文が聞こえるかどうかはわからんが」

道俊が、少し酒に酔った眼で重三郎をきりりと睨《にら》む。

「いいえ、亡者にも生者にも私の声は届いておりますよ」

「どうかねぇ。お経なんてものは、生者のおれたちには、子守り唄みたいなもんだが」

重三郎がくくっと肩を揺らす。

「そのような罰当たりなことをいってはいけませんよ。重三郎さんはお医者さまでしょう。今生の行状は、かならず冥界において十王の吟味を受けます」

「あら、颯太さんは、あの世なんかないっていったのよ、この間」

おちえが煎餅を齧りながら、道俊に訴える。

と、颯太がおちえをちらりと見ながら口を開いた。

「ないとはいってないさ。あの世から戻ってきた奴がいねえから、あるかどうかはわからねえっていったんだ」

「物はいいようですねぇ」

道俊は、口元に笑みを浮かべて、湯飲みの酒に口をつけた。

「ま、いずれにせよ、うちでかかわらない死人の話はこれで仕舞いだ。勝蔵さん、正平、今日は適当な処で上がってくれ」

「承知しました」

勝蔵がぐいと酒を飲み干した。

やれやれと、颯太は湯飲みを持って立ち上がった。おちえがどことなく不服そうに唇を曲げている。

「なんだよ、おちえ。なにかいいたそうな顔だな」

「だって気にならない？　そのご老人はきっと誰かに会うつもりで宿を出たのよ。でも結局見つからなくて、疲れ果てて」

颯太は、はあと息を吐いて再び座り直した。

「いいか、おれたちは、とむらい屋だ。その爺さんがどうして死んだか、なぜ死んだかまでを考える必要はない。眼の前の仏を相手にすればいいんだ。ましてや、公事で江戸にやってきた爺さんじゃ、たとえ弔いを引き受けても、ろくな銭にもなりゃしなかったろうさ」

「なんだか、颯太さん、冷たい」

おちえがつんと横を向く。年頃の娘は、何事か起きると自分のことのように考えてしまうから面倒臭いと、颯太は団子を口に頬張った。

三

「とむらい屋。いるかえ」

がさがさした声がして、南町奉行所の定町廻り同心韮崎宗十郎が顔を見せた。相変わらず、頼りなさそうな一太という小者が背後についていた。

韮崎はずかずか店に入って来るや、框に腰を掛けた。

「どうしました、その声」

颯太が訊ねると、ごほんと咳払《せきばら》いした韮崎は、風邪をひいたようだと喉を押さえた。

「ゆうべ寒かったからよ」

「それは大変だ。すぐにお薬をお出しいたしましょう」

薬籠に手を掛けた重三郎を韮崎が睨みつける。

「葛根湯《かっこんとう》なら間に合ってるからいらねえよ。お前《めえ》さんもよ、とむらい屋に出入りする医者なんて、妙な噂が立つだけだからやめときなって。うちのお奉行さまに知れたら事だ」

現南町奉行は、榊原主計頭忠之《さかきばらかずえのかみただゆき》だ。巧重三郎は、榊原の縁戚に当たる。

「医者と坊主と、とむらい屋が仲良しこよしでやっていたら、余計な勘ぐりをされるぜ」

　韮崎が太い眉をひそめる。

　くくっと颯太が笑う。

「そこに産婆も入れたら、どうでしょうね。産着《うぶぎ》から死装束まで取り揃《そろ》え」

「馬鹿いっているんじゃねえよ。口の減らねえ男だな、相変わらず」

　韮崎が嫌悪をあらわに、颯太を睨む。

「で、韮崎さま、御用の向きはなんでございましょう。私どもは、まっとうな商いをしておりますが」

　颯太が居住まいを正して韮崎と向き合う。

「浅草寺で死んだ爺さんのことで、気になることがあってな」

　とむらい屋の皆が韮崎の言葉に耳をそばだてる。

「どうかいたしましたか。たぶん、亡骸はもう火屋で焼かれてしまったと思いますけれど」

「いや、その爺さんが身につけていた守り袋っていうか、小さな巾着袋の中身だよ」

「それが、なにか？」

訝《いぶか》る颯太に韮崎はさらに続けた。

聞けば、守り袋の中から、鬼子母神《きしもじん》の札と新鳥越町二丁目と書かれた古い紙片、そして黒ずんだ古紐《ふるひも》が出てきたというのだ。

韮崎は、守り袋を袂《たもと》から取り出すと、紙片と紐を出して、床に置いた。

紐の長さは二尺に満たない、細い物だ。

「ずいぶん汚れているというか、古い紐ですね。紙片もすっかり黄ばんでいますよ」

眼を眇《すが》める颯太に、韮崎も頷いた。

「これがなんだというのです?」

「さあな。ただ、守り袋に入ってたってことは、爺さんにとっちゃ大事なもんだったんだろうな」

守り袋を手にしたおちえも、

「きっと緞子《どんす》で作ったのでしょうけど、色も褪《あ》せて、すり切れてますよ。これも古そう」

と、いった。

ちょっと見せて下さい、と正平が韮崎にいって、古紐を手にした。

「これ、独楽《こま》の紐ですよ、懐しいなぁ。おれ、ガキの頃、独楽回しの名人だったんです」

　正平は胸を張る。正平の父親は人道芸人だった。それで独楽を仕込まれたのかもしれない。

　独楽の紐といわれ、なるほどと皆が納得した。が、加平次の荷の中には独楽はなかったという。しかも紐だけを守り袋に入れてあるというのも妙な話だ。一緒に入れてあった新鳥越町二丁目と記された紙片も謎だ。

　韮崎が腕組みをして唸《うな》った。

「おめえに弔いを頼むつもりだったんじゃねえかな」

「誰がです？」

「凍え死んだ爺さんだよ。だって、二丁目はここじゃねえか」

「まさか」

　颯太が苦笑する。

「生きてるうちから弔いを頼む酔狂なお人がいたら会ってみたいものですよ。まあ、それはないでしょう。だいたい紙がもう黄ばんでいますよ」

「冗談だよ」

　苦笑しながら韮崎が、ちらりと大徳利を眼にした。

「あ、これは気づきませんで」

「いやいや、見廻りの途中で酒なんざ飲めねえよ」

「韮崎さま、これは般若湯でございますよ」

道俊が余計なことをいう。

ほう、それならいいか、と韮崎は舌なめずりした。

「こう寒いとな、酒、いや般若湯は助かるぜ。身体があったまる」

韮崎は板の間にあがり、座り込みながら大刀《だいとう》を腰から抜き、傍に置く。

おちえは、小者の一太に煎餅を差し出した。一太が照れながら、おちえから受け取る。

「それで、古い紙片のことですが」

颯太が訊ねると、ああ、こいつかと韮崎が差し出した。

「紐はこの紙に包まれてたんだよ」

たしかに、紙片には新鳥越町二丁目と書かれている。つまりこのあたりに、死んだ加平次の知り合いがいるということなのだろう。

韮崎がうんと唸る。

「ですが、加平次という老爺の死には、不審な点はなかったはずじゃねえんですかい？」

「なにも疑うところはなかった」

颯太の言葉に、韮崎がぶっきらぼうに応えた。

「そういや、爺さんを見つけたのは、おまえさんだったよな」

はい、と道俊が応える。

「そのときはもう裸だったのかい？」

「そうです」

「他には誰もいなかったのか？」

「早朝の霞が深く、老爺が座り込んでいたのも、かなり近くに寄ってからでないとわかりませんでしたので」

ふーむ、と韮崎が唸った。

「やはりなにかあったので？」

颯太が懐手《ふところで》に考え込む韮崎へ膝を進める。

「爺さんの着ていた袷にはかなりの金が入っていたらしい」

公事宿を出る際に、自分の荷から財布を取り出して懐に入れていたのを村の者が見ている。しかし、衣装とともにむろん財布も消えていた。

の？」

「やっぱり、その加平次さんは自分から脱いだのじゃなくて、脱がされたんじゃないの？」

おちえが、韮崎に迫った。

「つまり、加平次は凍え死にさせられたということか？」

重三郎が眉をひそめた。

「でも、この新鳥越二丁目と書かれた紙と独楽の紐はどう繫《つな》がるのかしら？」

韮崎がおちえに顔を向け、首を横に振った。

「財布や衣装が盗まれたことと、爺さんが誰かを訪ねにいったことは別と考えたほうがいいだろうな。迷っていた爺さんに親切心で声をかけて、持ち物を掠《かす》め取るってのが一番わかりやすい。追《お》い剝《は》ぎなら、とっ捕まえなきゃならねえのでな」

「しかし、町を歩いていた加平次さんが眼をつけられるとは考えにくいですね。金子を持っているかどうかはわからないですし。上等な形《なり》をしていれば別ですが」

颯太が異を唱えると、

「そんなこたあ、話をしているうちに知れることだってあるだろうよ」

韮崎はむすっとした顔をする。颯太が片膝を上げた。

「おい、とむらい屋、どこいくんだ」

「厠《かわや》ですよ」

とはいえ、と颯太は韮崎へ首を回した。

「韮崎さん、金が盗まれたことは、うちにはかかわりがねえ、他所《よそ》を当たっちゃいかがです？」

と、仏頂面をしている韮崎へきっぱりといった。

厠へ行きかけた颯太をおちえが止めた。

「まったくかかわってないわけじゃないわよ。浅草寺で亡骸を見つけたのは道俊さんだし、加平次さんは新鳥越町二丁目を訪ねて来ようとしていたんでしょう？　その途中で誰かにお金を盗まれたのよ」

わかったわかった、と颯太は厠へ行き、用を足しながら、面倒だなと呟《つぶや》いた。

店に戻ると、果たしておちえが韮崎と顔と顔を突き合わせていた。

「生まれた家じゃないかしら？　八つのとき養子に出されたんでしょう。たまたま公事で江戸に来ることになって、実家を訪ねたくなったとか」

なるほど、と韮崎が膝を打った。

「おちえ坊、そいつはいい見立てだ。実家がわからなくならねえように、親が書き記しておいてやったのかもしれねえな」

颯太が顔をしかめて鬢《びん》を掻《か》く。

「だとしても、死んだ加平次という爺さんとうちはなんのかかわりもございませんよ」

「まだいってやがる」と韮崎が文句を垂れた。

そこへ、若い女房が、おずおずと中を覗《のぞ》き込んできた。

それに気づいたおちえがすぐに立ち上がる。

「いらっしゃいませ」

「こちらは、葬具屋さんでございましょうか」

颯太はとむらい屋といっているが、一般的には葬具屋と呼ばれている。提灯《ちょうちん》、灯籠《とうろう》、乗物、棺桶など、弔いに使用する葬具を一揃い扱っている業者だ。

「弔いをお願いしたいのですが」

急なことであったのか、女房の態度はどこか落ち着きがなかった。

おちえが静かに頭を下げた。

「ご愁傷さまでございます。どうぞこちらへお入りください」

若い女房は、おちえに促され、棺桶の並ぶ横を、視線を避けるようにして歩いてきた。座敷に座っている韮崎に気づき、女房は眉をひそめた。とむらい屋に奉行所の役人がいては、なにか事件でもあったのかと訝っておかしくはないが、やはり嫌な気分だろう。

颯太は、女房に座敷へ上がるよう勧めた。暗い目をしていると思った。

「ここの主を務めております颯太と申します。この度はまことにご愁傷さまで。お辛《つら》いところ、恐縮ではございますが」

颯太の細面の女子《おなご》のような風貌に安心したのか、女房が胸のあたりに手を置いた。

住まいと、仏の歳と名、そして背丈や身体の特徴を、颯太が訊ねる。

女房は小声で、巴長屋《ともえながや》に住む亭主の母親で歳は六十七、名はきみ、と応えた。背丈は四尺二寸ほどで、太り肉《じし》だといった。

まあ、女物の早桶で十分だろうと颯太は判断する。

「巴長屋さんでしたら、幾度かお世話になっております。差配《さはい》さんから、うちを？」

はい、と頷く。おちえが茶を置くと、「ありがとうございます」と、やはり小さな声でいった。乱れた鬢を女房は幾度も撫で付けた。幾日も洗髪していないようだ。髪には艶がない。看病疲れのせいだろうか、顔色もよくなかった。

「つかぬことをうかがいますが、仏さまは長患いをなさっていたのでしょうか」

いいえ、と女房が応える。

「一昨日の夜、眠っているとき突然大きな鼾《いびき》をかき始めて、それきり」

「そいつは卒中だな」

医者の重三郎が重々しくいった。

「おそらく、亡くなる前に頭が痛いとか、言葉が出て来ないとか、兆候はあったろうが。あんたが気にすることはない。これは寿命だ」

「ですが、亭主はおっ義母《か》さんの様子がわからなかったあたしのせいだと」

女房ははらはらと涙をこぼし始めた。

おちえが、懐紙《かいし》を差し出した。女房は礼をいって、目許を拭《ぬぐ》う。颯太は嫌な気分になる。

おそらく亭主は怠け者、この女房が働き、家計を支えていたのだ。そのうえ、小うるさそうな姑《しゅうとめ》もいた。身なりに気を使うひまもなかったのだろう。

「申し訳ありませんが、ご夫婦のことまで、あっしらは立ち入りません。仏さまを送るのが仕事ですから」

颯太がいうと、女房は、すみません、と幾度もいった。

四

涙が引いた女房に旦那寺《だんなでら》を訊ねる。

「ああ、あの寺は高い戒名をつけるのがお得意ですよ。如来の弟子になるのだから、それなりの名は必要でしょうといって」

道俊は女房へ告げた。

「でも、旦那寺にお願いしないと」

「私にお任せください。どの宗派にも私は精通しておりますので」

女房は酒で頬を赤く染めている道俊の端整な顔を不安そうに見つめる。

あの、と女房が顔を伏せ、いい辛そうに口を開いた。

「お弔いに使う物なんですが――いかほどかかるのでしょうか」

「ああ、葬具のことですか？　買い取りではございませんよ。あっしらはお貸しするだけでございますので、費えにつきましては、なんの心配もいりません。では、これから通夜の支度を早速いたします。巴長屋さんは互助《ごじょ》がしっかりしておりましたね。通夜の振る舞いも決まっておりますか」

ならば、料理屋の手配も、葬列の人足もいらないだろう。

「はい」

「では、誠意をこめまして執りおこなわさせていただきます」

「よろしくお願いいたします」

ああ、それからと、颯太は準備してほしいことを女房へ伝える。たとえば、棺に入れてやりたい物がある、姑の死を親戚筋に報《しら》せるなどだ。町ではそうした役目を持ち回りでしている。町内の者が死ぬと、すぐに報せが回る。

女房が辞儀をして店を出ていくと、颯太はすぐに動き始めた。

すでに、昼の八ツ（午後二時）の鐘が鳴り終えている。

「寛次郎、弔い提灯が足りないな。傘屋へ行ってくれ」

提灯も傘も張り物だ。傘屋では、たいてい提灯も扱っている。

「それと、おちえ、樒《しきみ》はあるか」

「うん、大丈夫」

「勝蔵さん、長屋の店子《たなこ》だ。早桶でいいが、女物はあるかい」

「ああ、大《で》え丈夫《じょうぶ》だ、颯太さん。で、輿《こし》の担ぎ手やらはどうなさる？」

「巴長屋は互助がある。人足を頼むほどでもない」

大店はむろんのこと表店でそこそこの間口を構えていると、葬列はかなりの人数になる。輿担ぎや、幟《のぼり》、提灯などを持つ手伝いが要る。喪家の人間だけで足りないときには、口入れ屋などの人足の請け負い業者に話を持っていく。

「申し訳ないが、勝蔵さんと正平で頼みます。長屋の連中もいるでしょうから十分でしょう」

颯太が声を掛けた。

「この寒さだ。死人が臭ってくるまでにはまだときがかかる。そう焦《あせ》ることもない。おちえには湯灌《ゆかん》を任せる。勝蔵さんと一緒に行ってくれるか」

「はあーい」

おちえが明るく応える。

「いつ見ても、妙なものだな。ここに来ると、死ぬってことが、ただの日常に思えるぜ」

韮崎は呆《あき》れるようにいった。

「死は特別なものじゃありませんよ。ひとつの生があれば、ひとつの死が必ずある。颯さんにとっては、これが商い。当然ですよ」

重三郎はいい切った。

「おれは、どうも邪魔なようだ。おい、とむらい屋、また来るぜ」

韮崎が大刀を摑《つか》んで、腰を上げたとき、

「ところで、ここは元々なんだったんだ？」

経机《きょうづくえ》を運ぶ颯太へ声を掛けた。颯太は一瞬、眉をひそめた。が、すぐに表情を緩めた。

「ああ、味噌屋ですよ。居抜きで買い取ったんです。一時は味噌樽も棺桶に使いましたがね」

「おい、ほんとうかよ」

韮崎が嫌な顔をする。

「むろん使われていない樽ですよ。そうですね。五、六歳の子どもなら丁度いい大きさでした」

「はあ、あまり聞きたくねえ話だな。子どもの棺桶が味噌樽だなんてよ」

颯太は経机を担ぐと、

「赤子だと醬油樽ということもあります。もちろんいまは勝蔵さんがどんな大きさでも作ってくれますのでね」

韮崎は、ふうん味噌屋だったのか、とぶつぶつ呟き首を傾《かし》げつつ、店を出かかる。

重三郎も三和土に降り、履き物を突っかけながら、振り返った。

「さて、医者のおれも退散するか。じゃあ、颯さん、隠居が危なくなったら、報せに来る」

「ええ、お願いします。峰屋さんはあたりじゃそこその油屋だ。輿も天蓋付《てんがいっ》きを用意しねえと」

「やっぱり、てめえらの話を聞いてると、なんか胸くそ悪く思えるんだが、気のせいか。その隠居ってのはまだ生きてるんだろう」

　韮崎が、颯太と重三郎をじろりと見やる。

「医者が手に負えなくなったら、出番は坊主とともらい屋ですよ」

　颯太は、男にしては赤みを帯びた唇に笑みを浮かべる。

　まったく、おめえのいうことはいちいち腹が立つと、韮崎は吐き捨てるようにいって出て行った。小者の一太が慌ててその後を追う。

　重三郎は、おちえに、馳走《ちそう》になったと告げると、先に通りを歩いていた韮崎の横に並んだ。

「付き合う奴らを間違えてねえか？　死人を扱う不浄《ふじょう》な商売だぜ」

　韮崎が重三郎を横目で見る。重三郎は、わずかに口角を上げた。

「医者などしていると、人の死に対して頓着しなくなります。もちろん、今の医学では到底太刀打ちできない病や、救ってやれなかった命があります。その悔しさはありますがね。生きているうちなら、話も聞ける。しかし、医者の立場としちゃ、あんたは死ぬから、今のうちになにかいっておけともいえません」

励ますことしかできないのでね、と重三郎は韮崎へいった。

「その死者の思いを掬《すく》いとってやるのが、颯さんなんですよ。それは、韮崎さまも同じではありませんかね」

「おれが、とむらい屋と同じだって？　馬鹿いうねえ。一緒にしねえでくれよ」

韮崎はむっと唇を歪《ゆが》ませた。

いやいや、と重三郎は薬籠をぶらぶらさせながら、首を横に振った。

「不審な死骸があがれば、検視をするじゃありませんか」

「それは、当たり前のことだ。死骸をうっちゃっておくことはできねえし、殺《あや》められたかもしれねえとなりゃ、悪党を捕まえる手掛かりにしねえとならねえからな」

と、韮崎はいいながら、ふと口を噤《つぐ》んで、考え込んだ。

「おわかりになりましたか。やり方は違えども、韮崎さまも颯さんと同じだ。物言わぬ死人の言葉を聞こうとしている。殺められた者の無念の思いを晴らしてやろうとする」

　韮崎が、舌打ちする。

「そんな恰好《かっこう》のいいものじゃねえさ。死人の無念もあるが、下手人《げしゅにん》を捕らえるのは、悪事を許せねえだけだ」

　そういうと、韮崎は大きく伸びをした。

「ま、よくよく考えてみりゃ、おれたちも不浄役人といわれているからな」

　自らを嘲《あざけ》るように韮崎はいい、とむらい屋の店先を振り返る。

　棺桶を運ぶ勝蔵と正平の後ろに道俊とおちえが続いた。

「寛次郎が戻ったら、忌中を書かせて、すぐに巴長屋へ向かわせる」

　颯太の声が店の中から響いた。

五

　おきみは、死んだら髪を必ず剃《そ》ってくれと普段からいっていたらしい。

「仏の弟子になるのですから、よいご信心です」

　道俊がおきみの髪を剃り落とす。突然の病でいったおきみの顔はまるで生者のようだ。

だが、やはり生気はすっぽり失われている。おきみという名だった容《い》れ物だ。

女房の亭主は狭い部屋の隅っこで背を向けていた。弔いなど勝手にしろといわんばかりの態度だった。

「すみません。朝からずっとあの態度で。おっ義母さんを見ようともしないんです」

颯太は、亭主の後ろ襟を摑んで、引き倒した。

「なにしやがる」

あわてて身を起こした亭主の眼は真っ赤だった。泣いていたのだ。

「あんたが背を向けてどうする。母親の死から眼をそむけてどうする」

うるせえ、と亭主はいいながら、目許を拭った。

「小うるせえ婆がいなくなって清々したんだよ。二言目には仕事を見つけろ、金を持ってこいと、散々いわれたんだ。子の出来ねえ女房にもよ、石女だとさんざん酷《ひで》え物言いをした」

けどよ、ようやく、と亭主が拳《こぶし》を握る。

「仲間うちから仕事を得たんだ。そのことをゆうべ伝えたら、この婆」

亭主は悔しげに唇を嚙《か》み締めた。

「おまえのような怠け暮らしの長い者が、ちゃんと続くもんかね。半年働いたら認めてやるよ」

おきみは、そういってから笑ったという。

「そしたら、これだ。憎まれ口叩いて、勝手に逝っちまった」

「おまえさん！」

「女房を働かせて、婆にも苦労をかけた。これからのおれを見ろっていいたかったのによ。はなから、この婆はそういいやがった」

おちえが、静かにいった。

「安心したと思ってあげなきゃ、お母さんがお気の毒」

女房がおちえを見る。

「だって、お母さんはもうなにもご夫婦に伝えられないの。生きてる者がそう思わないと」

「とむらい屋が偉そうにいうな！　とりすました面をしやがって。死人を相手に飯食らっている不浄者じゃねえか」

亭主が片膝を立て、おちえに向かって怒鳴った。巴長屋の差配が慌てて亭主の身体を抱えた。勝蔵が腰を上げかけたのを颯太が止めた。

おちえは、亭主の剣幕にたじろぐどころか、経机に樒をさした花立を置くと、

「ええ、そうよ。あたしたちはなんと呼ばれたって構わないけど、ここに納まっているのは、あなたを産んだお母さんだということを忘れないでください」

そういって亭主を睨みつけた。

「あたしたちは、喪家と、彼岸《ひがん》に渡るお母さんとのお別れの手伝いをする稼業ですから」

亭主は、ぐうと唸って唇を嚙み締めた。

「とむらい屋さんのいうとおりだよ。ちゃんと送って下さるんだ。急におっ母さんに逝かれたおまえさんが辛いのはわかるよ。でも、寿命だったと考えるしかない」

白髪頭の差配が、亭主を慰める。

颯太は座棺に納められたおきみに手を合わせた。と、古い布で作られた巾着がおきみの胸元に置かれているのを眼に止めた。

「これは、なんですか？」

あっ、と女房が腰を上げた。

「お棺に入れてあげたい物があればといってましたでしょう。おっ義母さんは、いつもそれを大事にしていたので」

いけませんでしたでしょうか、と女房が巾着を取り出した。

経机の上に、花立、香炉、燭台《しょくだい》を並べ終えたおちえが眼をしばたたく。

「あら？　これも緞子の巾着だわ。ねえ、颯太さん」

「中身を見てもよろしいでしょうか？」

颯太の問い掛けに、女房はわずかに眼を伏せて、「独楽です」と巾着の紐を引き、口を開いた。

「独楽！」

颯太とおちえ、そして勝蔵と正平、道俊もそれぞれが顔を見合わせる。

「その独楽は古いものなのでしょうか？」

ええ、と女房は頷いた。投げ独楽だ。青と赤の色がもうすっかり色褪せていた。

「ガキの時分の物だって聞いたよ。この長屋に、昔、住んでた幼馴染《おさなな》《じ》みが置いていったそうだ」

亭主がぶっきらぼうにいった。

「けどよ、紐がねえんだ。おれがガキの頃、この独楽をくれとせがんでも、幼馴染みと約束をかわしたものだから、やれねえときた」

まったく強情っ張りの婆だった、と亭主が息を吐いた。

おちえが眼をまん丸くした。

「颯太さん」

「ああ、繋がったな」と、颯太は口角を上げると、正平へ眼を向けた。

「独楽の大きさで紐の長さはほぼ決まってます。だから、その独楽に巻けばわかりますよ」

正平が鼻をうごめかせた。颯太は頷いた。

「寛次郎。韮崎さんを呼んでくれ。あの紐がこれに合うかどうか試してみよう」

「すぐ行ってきます」

「ねえ、颯太さん。加平次さんが訪ねてきたかったのは、きっとこの長屋だったのね」

女房が、騒ぐ颯太たちに向けて首を傾げた。

「一体、なにがあったのですか。この独楽がどうしたというんです？」

颯太は浅草寺で見つかった老爺のこと、その老爺の守り袋に、独楽の紐が入っていたことを話した。

「そんなことが」

女房も、亭主も驚き顔をした。

「あの、ちょっとよろしいですか」

そのことに一番、思い当たったのだろう、差配が膝を乗り出した。

「あたしの親父が差配の頃のことです」

おきみと、長介《ちょうすけ》、加吉《かきち》の兄弟の三人がこの長屋でよく遊んでいたという。

「あたしはおきみより少し歳が下でしたし、差配の倅《せがれ》ということで、一緒に遊ぶことはさほどありませんでしたが、三人が仲良しだったのは、この界隈《かいわい》では知れ渡っておりました」

だが、年長の長介が奉公に上がることが決まり、ほどなく加吉は縁戚の家に養子に入ることになった。

三人がばらばらになる。

長介も加吉もおきみも、もう子どもではいられないときがきたことを実感した。長介は、いつも三人で回していた独楽をおきみに、江戸から遠く離れた土地に行く加吉には、独楽の紐を渡した。

ただ、長介はおきみに、いつか出世したら迎えに来るといったのだという。

「その加吉さんが、浅草寺でなくなった加平次さんね。庄屋の名代で江戸に来たのも、その紐を持ってふたりに会うためだったのね」

おちえの言葉に颯太も頷いた。

「ただね、おきみさんは」

差配が言葉を濁《にご》らせた。

十六のとき、立て続けにふた親を亡くし、同じ長屋にいた経師屋《きょうじや》との縁談が持ち上がり、祝言を挙げた。一方、長介は、手代頭《てだいがしら》まで登り詰め、奉公先の主人に気に入られ入り婿になった。

「でも、独楽をずっと持っていたなんて。おきみさん、どこかで思い切れなかったのかしら」

おちえが、女房の手許の独楽を見やる。

「けっ。しわくちゃな婆の惚《ほ》れたはれたの話なんざ、胸くそ悪くならあ。その独楽を後生大事に持っていたってことは、おれの親父と嫌々夫婦になったってことじゃねえか」

歯を剥いた亭主が吐き捨てる。

道俊がすかさず、

「それ以上、仏を悪くいうのはおやめなさい。今生での出来事をとやかくいってはなりません」

静かだが、厳しい声で言った。

差配が亭主を睨《ね》めつける。

「そうだよ。おきみさんは、そんな人じゃない。子ども時分の戯《ざ》れ言《ごと》だと、長介も思っているはずだと笑っていたよ。けれど、いつかこの独楽を三人で仲良く回せる日がきたらいいと、いっていたがね。それだけが心残りだったかもしれないよ」

亭主は、むすっとして身体を揺する。

「ところで差配さん、長介さんは今どこに？　入り婿になったのだとしたら、店の主になっているのでしょうが」

差配は首を傾げた。

「なにぶん、親父の頃の話なもので、ちゃんとは覚えていませんが」

油屋だったはずだと、いった。

思わず颯太の口元から笑みがこぼれた。


重三郎が独楽と紐を持って、峰屋へ向かった。隠居の長右衛門《ちょうえもん》は、重三郎から手渡された独楽と紐を胸に抱えた。

長右衛門は、満足げに眼を閉じた。

それから十日後に長右衛門は静かに息を引き取った。

最期の言葉は、「おきみと加吉は、どこだい？」だった。

長右衛門の弔いは盛大に行われた。飾りの付いた輿に棺を納め、人足も二十人雇い、親類や商い仲間など、百名近くの葬列だった。独楽と紐は、むろん棺に入れた。


土間では勝蔵が振るう木槌《きづち》の音がしていた。

颯太は、峰屋から入った弔い料を数えていた。

「そういえば、加平次さんの金は、一緒に江戸へ来た村の若者が盗んだそうだ」

韮崎が報せに来たのだ。

江戸の賑《にぎ》やかさに、女郎屋や遊び場でうつつをぬかし、訴訟のために集めた銭に手をつけてしまったのだという。

公事宿に夜になっても帰って来ない加平次を皆で心配して捜しに出たが、その若者が浅草寺の山門の柱に寄りかかってこと切れている加平次を見つけた。

若者は、あたりに散らばっていた加平次の衣装を抱えて、中から財布を抜き取り、あとは古手屋に売りにいったという。

夜が明け、深い霞の中、道俊たちが加平次を見つけたのはそれから間もなくだった。

「重三郎さんのいうとおり、やっぱり自分で脱いだのね」

「うむ、面妖《めんよう》なこともあるものだ」

菲崎は頷いた。

「その若者が、どんな罪になるのかは吟味次第だ。加平次は凍え死んだのだからな」

菲崎はそう悔しげにいった。


おちえは、浮かない顔つきで買ってきたばかりの樒を水を張った桶に挿した。

樒の香りがふわりと立ち上る。その葉や茎から放たれる独特の香気は、邪気を払い、屍臭を消すといわれている。また全草に毒性があり、獣から墓を守るために供えられる。

「質素なお弔いと盛大なお弔いと、火屋で焼かれただけのお弔い。幼馴染みなのに、まったく違うものだったなぁ」

颯太は葬具の貸し料を帳面につけ始める。

「しかたねえさ。生きてきた場所が違うからな。ただ、質素でも盛大でも、死人にはどうでもいいことだ。送る側の気持ちがちゃんとしていりゃそれでいい」

そうかぁ、とおちえはぼんやり応えた。

「でもよ、巴長屋のあの亭主に、啖呵《たんか》をきったおちえさんには、感心したぜ」

勝蔵がぼそりといった。

おちえは、ぺろりと舌を出した。

「今思うと恥ずかしいけど」

颯太は、ふっと笑みを浮かべて、おちえを見る。

さて、そろそろ飯でも食うか、と颯太が立ち上がる。

「あたし、おそばが食べたいな。ねえ、正平さん、寛次郎さん、どう?」

「いいですね。颯太さん、ごちそうさまです」

調子のいい奴らだな、と颯太は笑う。

勝蔵も木槌を置いて、颯太にぺこりと頭を下げた。

「では、拙僧《せっそう》もお付き合いを」

「なんだなんだ、揃いも揃って仕方ねえな。出前を頼みに行って来るよ」

颯太は綿入れを羽織って、表に出た。

颯太は顎《あご》を上げ、息を吐いた。白い息が上がっていく。

「いまごろ、あの世で、三人揃って独楽を回しているんだろうな、子ども姿に戻ってよ」

あとから出てきたおちえがそれを聞き、

「あの世があるかなんてわからないっていってたくせに、ずるーい」

ぷくっと頬を膨らませた。

「そう思いたいときだってあるのさ」

颯太はおちえの頬を指で突いた。

第三章　へその緒

一

とむらい屋にも、正月は来る。

主人の颯太、おちえ、僧侶の道俊、棺桶《かんおけ》作りの勝蔵とその弟子正平、雑用の寛次郎とともに車座になって、重箱を突《つつ》いていた。

一の重、二の重、三の重、与の重、それぞれの中身は、かまぼこ、黒豆、田作り、昆布巻き、鯛《たい》や海老《えび》など、ハレの日らしい華やかさだ。

雑然と置かれた葬具の間に、鏡餅が置いてあるのが、少々そぐわない。

「重箱は、四の重とはいわないのは、どうしてだかご存じですか、おちえさん」

道俊が、屠蘇《とそ》を口にしながら、穏やかな笑みを浮かべた。

「四は、死に通じるからでしょう。だから、与の重」

おちえは、ちょっと自慢げに顎《あご》を上げた。

「じゃあ、うちは、そのままでいいじゃないか。死の重。そのほうが商売繁盛しそうだ」

　颯太が、大あくびをする。とむらい屋の面々で、神田まで初日を拝みに行って来たのだ。

「もう、颯太さんたら、いつもそうなんだから。でも、今年はどんな年になるのかしらね。去年は春から大火があったでしょ、その上、流行《はや》り病もあって、嫌な年だったものね」

　おちえが、かまぼこをつまみながら、いった。

「そうですねぇ、とむらい屋が儲《もう》かることばかり起きるのも、なんだか申し訳ないというか。商売繁盛を初日にお願いするのも気が引けました」

　寛次郎の顔は屠蘇のせいで赤くなっている。

　ふん、と颯太が鼻で笑った。

「別に商売繁盛を拝むことはないさ。人が死なねえ日はねえんだ。毎日、どっかで誰かがあの世に行ってる。盆暮れ正月、かかわりなくな」

「毎年毎年、どうして、颯太さんはそういう物言いしかしないのかしら。せっかく新年を迎えたのだから、今日ぐらいは一年息災で過ごせますようにぐらいの気持ちにならないのかしら。ねえ、勝蔵さん、どう思う？」

おちえが勝蔵へ膝《ひざ》を回し、勝蔵の盃《さかずき》に酒を注《つ》ぐ。

勝蔵は、盃を口から迎えに行きながら、

「いつものことだ。今更、颯太さんの性質《たち》は変わらねえから、諦《あきら》めな、おちえ坊」

「それにしたって――仏頂面して」

毎日、どっかで誰かがあの世に行ってる。盆暮れ正月、かかわりなくな、とおちえが唇を突き出して嫌味たらしく、颯太の口真似をした。

「おれは、そんなに口を突き出さねえぞ」

颯太が、むすっとして盃をあおる。

「正月をこうして祝っていても、どっかじゃ祝うことができねえ家もある。ほら、師《し》走《わす》の煤払《すすはら》いの時に、ポックリ逝っちまった瀬戸物屋の隠居がいたろう？」

うん、とおちえが頷《うなず》いた。

煤払いは、煤竹で一年の汚れを落とす大掃除だ。お城の大奥では、例年十二月十三日が定日で、それにならって、町家でも行われるようになったのだ。

商家での、煤払いは夕から行われる。それを終えると、主人が奉公人たちや手伝いに来た者たちに、酒食やそばを振る舞い、なぜか主人らを胴上げする。

それがいつ頃から始まったのかは定かではないが、その日は、胴上げされる者の悲鳴と持ち上げる者たちの笑い声が町中に響く。

胴上げを笑いながら眺めていた隠居が、その場で、うっと呻《うめ》いて突然くずおれた。すぐに、医者が呼ばれたが、隠居の心の臓は止まっていた。

「たしか、年明けに米寿のお祝いをすることになってたご隠居さまよね」

「そうだ」

と、颯太が水引飾りのついた銚子を手に取った。

「おかげで、年は明けても喪が明けねえから、あすこのお店《たな》は、暮れも正月も静かなものだ」

弔いは、颯太の処で取り仕切った。

盛大な葬式だった。通夜とお清めの仕出しも一段上のものが振る舞われた。

派手にしたいというのが、生前からの故人の望みであったと、現主人の息子から颯太は聞いた。しかし、それはどうやら、見栄っ張りで有名な息子の意向だったと、後日、耳にした。

葬列も賑々《にぎにぎ》しく、竜頭《たつがしら》の付いた幟《のぼり》に天蓋《てんがい》、棺桶を載せる乗物には、金の錺《かざ》り。誂《あつら》えた屋号入りの箱提灯《はこちょうちん》がいくつも並んだ。

喪家の望みであれば叶えるが、それにしても、屋号入りの箱提灯には、さすがに颯太も閉口した。通常は家紋付きの箱提灯を使うくらいだ。それが店の名入りとなれば、特注だ。大急ぎでいつも提灯を頼んでいる傘屋に頼んだ。傘屋は、すぐに提灯張りの職人に造らせた。しかし、葬列で、お店《たな》の宣伝をして歩くのも、妙な光景だった。

葬式は故人の遺志などお構いなく、残った者が、時に見栄のため、体面のために執り行うことも少なくない。

「そういえば、戒名《かいみょう》も院号《いんごう》が欲しいといったんだよな」

颯太が呆《あき》れた口調でいう。道俊も剃髪《ていはつ》をつるりと撫《な》ぜる。

「さすがに、院号は丁重にお断りさせていただきました。深く信心され、寺院にも貢献なさっている方だとしましても、やはり京の帝《みかど》さまや将軍さまにお付けする院号までは……」

「でもこの頃はお金を払って、居士や院号を求める方が多くなっているのでしょう？お寺もお布施《ふせ》を余計に頂戴したら、嫌とはいえないいんじゃない？」

「おちえさんのいう通りですよ。寺も少しは考えていただきたいものです。戒名は、あの世での故人の名となりますが、多額のお布施で購《あがな》った戒名など、私は意味がないと思っておりますよ」

道俊がわずかに怒りを滲《にじ》ませた。

「それにご先祖さまが居士や院号がついた戒名でしたらいいのですが、先代が信士《しんじ》であるのに、次の方が院号となってては──同じ家の中で差をつけてはいけませんしね。ですから、旧家や大店の時には、お仏壇のご位牌を確かめませんとなりません」

「戒名をつけるにも苦労があるのね」

おちえが昆布巻きに手を伸ばす。

すべてとはいい切れないが、そうした家に限って、故人を偲《しの》び、涙する者はあまり見ない。立派にやり遂げることに、まず懸命になるからだ。それはそれでいい、と颯太は思っている。

「大往生だったのかもしれないけれど、それにしても華やかだったわよね。屋号入りの提灯とか花籠《はなかご》もいくつも出してとか。あたしは、もう少し静かに送ってあげてもよかったのにって思ったけど」

おちえが、ため息を吐《つ》く。

花籠は割り竹を編んで作り、色紙《いろがみ》などで飾りをつけた葬具だ。中には、小銭や紙《かみ》吹雪《ふぶき》を入れ、野辺送りの途中途中で振るうのだ。小銭を撒《ま》くのは長寿だった者の弔いに多い。長生《ちょうせい》にあやかるため、葬列に加わっていない人々が我先にと銭を拾う。

「亡者《もうじゃ》がとやかく口を挟めねえのが、弔いだ。ああしてくれ、こうしてくれと、死ぬ前にいい遺していく者もいなくはねえが。それでも、てめえの弔いは、てめえで見ることはできねえからな。遺された者たちが、満足すればそれでいいんだ」

道俊が、颯太の言葉に頷いた。

「弔いは、亡者と生者の別れの儀式でもありますが、彼岸《ひがん》と此岸《しがん》をしっかり区別する儀式でもありますからね」

「やっぱり、道俊さんがいうと、納得できるような気がする」

おちえは、颯太をちらりと見やる。颯太が舌打ちした。

「おちえには、おれの弔いを仕切ってもらいたくねえな」

「あら、ちゃんと颯太さんの意向を汲《く》んだものにしますから、安心してね」

書置きを残しておかねえとおちおち死ねないな、と颯太は海老を摘んだ。

「腰が曲がるまで長生きしませんとね」

勝蔵が軽口を叩《たた》いて、ふっと笑う。

颯太は勝蔵へ、眼を向けた。いつも口をへの字に曲げ、言葉少ない勝蔵にしては珍しい。

海老を口に咥《くわ》えながら、颯太は銚子を勝蔵に向ける。

「勝蔵さん、なにかいいことでもございましたか？」

盃を手にした勝蔵が眼をしばたたく。

「いえ、なにもありませんよ」

そういいつつも、どこか頬がほころんでいるように見えた。初日を拝むのも、勝蔵が一番長かったような気がする。

と、正平が身を乗り出した。

「親方がおめでたです」

「勝蔵さんがおめでたぁ？」

おちえが眼を白黒させて、道俊は食べかけていた数の子を吹き出し、颯太も海老の尾を口からのぞかせたまま、眼を見開いた。

「馬鹿か、おめえは。おれのおめでたじゃねえ。余計なこといいやがって」

勝蔵が正平の頭に拳固《げんこ》を落とした。

「これが、まことのお年玉」

正平が顔をしかめて、頭のてっぺんを撫でる。

はあ、驚いたと、寛次郎が肩の力を抜いた。

「で、なんなの、勝蔵さんのおめでたって。もしかしたら、おかみさん？」

おちえがわくわく顔で勝蔵に詰め寄る。と、颯太が険しい顔で、

「おちえ、いい加減にしねえか。なにをおまえがはしゃいでいるんだよ」

そうたしなめた。

だって、お正月からお祝い事なんだもの、縁起がいいじゃないと、おちえが頬を膨らませる。

勝蔵は、盆《ぼん》の窪《くぼ》に手を当てて、ちょっと困ったような、照れくさいような顔をした。

「かみさんじゃなく、あっしの妹にやや子ができましてね」

わあ、とおちえが口元で手を合わせて、笑顔になった。

「なるほど、それでおめでたですか」

寛次郎が、ぽんと膝を打つ。

「あたし、勝蔵さんに妹さんがいるなんて知らなかったな」

「妹といっても、腹違いなんですがね」

勝蔵が唇を曲げた。

二

ねえねえ、とおちえが膝を進める。

「妹さんはおいくつなの？　ずいぶん歳が離れているように思えるけど」

勝蔵は、ん？　と首を傾《かし》げた。

「さあて、いくつになるんだか。あっしの母親が死んで、父親が四十も半ばの時に若い後妻をもらってね。二十は離れているかな」

勝蔵はすでに桶屋での奉公を終え、通いの職人になっていた。同じ長屋にいた娘と恋仲になり、夫婦になった。

「あっしの女房より、歳がちょっとばかり上なだけだったから、母親なんて思えませんでしたがね。親父が、おめえの妹が生まれたから祝えっていうんで、会いにはいったが、継母の顔なんか覚えちゃいませんよ」

「ごめんなさい、あたし、余計なこと訊《き》いちゃったみたい」

勝蔵は黙って首を横に振った。

「でも、おっ継母《か》さんとはなさぬ仲でも、妹さんとは会っていたのでしょう？　赤ちゃんができたことを報《しら》せてくれたんだもの。母親が違っても、歳がうんと違っても、やっぱり妹さんは妹さんなのね」

おちえはどこか取り繕《つくろ》うようにいった。

勝蔵は、わずかに笑みを浮かべただけで、田作りを口にした。

「健《すこ》やかなお子さんが生まれることを願いましょう」

道俊が勝蔵の様子を見て取ったのか、この話は仕舞いだとばかりに、両手を合わせた。颯太も、そうだなといって重箱に箸《はし》を伸ばした。

と、いきなり障子戸が開かれた。

「元日に弔いはしねえよ」

その姿を見て、颯太がすかさず怒鳴った。慈姑頭《くわいあたま》から先に、のっそり入ってきたのは医者の巧重三郎だ。

「颯太どの。私の姿を見るなり死人が出たと思われるのは心外だな。その屠蘇散は、私が譲ったものだろう？」

「ああ、そういえばそうでしたね」

颯太が、赤い唇をぺろりと舐《な》めた。屠蘇散は山椒《さんしょう》、肉桂《にっけい》、白朮《びゃくじゅつ》など七から八の生薬《しょうやく》を合わせたもので、出入りの医者が、年末に配って歩く。当然、颯太のとむらい屋には重三郎が持ってきた。

「重三郎さん、本年もよろしくお願いいたします」

「いや、こちらこそ」

と、いうが早いか重三郎は、座敷に上がりこんできた。さすがに今日は薬籠《やくろう》を持参してはいなかった。勝蔵が尻をずらして、席を空ける。

「ああ、悪いな、勝蔵さん。しかしなんだな、とむらい屋に今年もよろしくなどと頭を下げられると、医者としては妙な心持ちだ」

重三郎は、腰を下ろしながら苦笑した。

おちえが、重三郎の前に盃を置くと、颯太が銚子を捧げ持った。

「ただの年始の挨拶ですよ。なにも仏をうちに回してくれといっているわけじゃありません。重三郎さんには一人でも多くの命を救っていただきたいと、心から思っております」

「その言葉も引っ掛かる。どうも、颯さんがいうと、皮肉に聞こえてくるから不思議だ」

「そういう性質なんです。諦めてください」

おちえが間髪容《い》れずにいった。勝蔵の受け売りだ。

「そうしておくか。それにしても正月らしい豪勢なおせちだ。とむらい屋は儲かるのだな」

周りは棺桶だらけで辛気くさいが、とぼそりと重三郎はいった。

「ここに来る道すがら、羽根つきだの、凧揚《たこぁ》げだの、子どもたちの騒ぎ声も心地よかった。毎年、元日はこうであってほしいものだ。もっとも、武家は大忙しだが」

元日は、どの商家も休業している。が、武家は年賀の挨拶で大忙しだった。

「重三郎さんはよろしいのですか？」

「私は医者だ。医者の年始回りは、四日ごろからでいい」

道俊にそう応えながら、重三郎は屠蘇を飲んだ。

「うん、なかなかいい味だ。私の調剤も大したものだ」

颯太が、くくっと含み笑いを洩《も》らした。

「うちにわざわざ味見にいらしたんですか？」

「まあ、そのようなものだな。一応、榊原家《さかきばらけ》にも届けているからな」

重三郎は、南町奉行の榊原主計頭忠之《かずえのかみただゆき》の縁戚に当たる。

「いくらお医者といっても、元はお武家なんですから、ご縁戚のお奉行さまにご挨拶なさらずともよろしいのですか？」

「構わんさ。屠蘇散は届けたし、本日は登城もなさり、屋敷にはわんさか部下が押し寄せているんだ。ひとり増えれば迷惑なだけだ」

「へ理屈っていうのね、きっと」

おちえが呆れた顔をする。

「縁戚といっても、お奉行さまの大叔父の息子の子だ。遠すぎて、誰やらわからんだろうよ」

ははは、と重三郎は楽しげに笑う。

「おちえちゃん、箸をくれないか」

「あら、ごめんなさい。うっかりして」

おちえが立ち上がり、台所へ向かおうとすると、勝蔵がそろそろ、と腰を上げた。

「これで、おいとまいたしますんで」

「え、親方、帰るんですかい？　おちえちゃんの雑煮も食わねえで」

正平が眼をぱちくりさせた。

「初日拝みに行ったせいでよ、ちっとばかし、眠くなっちまって」

勝蔵は、颯太や道俊らに頭を下げた。

「わかった。明日からまた頼みます」

へい、と勝蔵は再び颯太に会釈をすると、三和土《たたき》に下り立ち、履き物を突っかけた。

「じゃ、重三郎さま、入れ違いで申し訳ありませんが」

「なに、勝蔵さんの代わりに私が食するから心配するな」

「へ、調子いいなあ、医者のくせに」

正平がからかうようにいうと、

「医者のくせにとはなんだ。医者だとて、腹は減るし、病にも罹《かか》る」

重三郎が口元をむっと曲げた。

「威張ってんだかなんだか、わかんねえや」

正平がおどけた口調でいうと、寛次郎と道俊が笑う。

「じゃ、親方、おれも帰《け》えります。同じ長屋なんだ。親方もひとりじゃ侘《わび》しいでしょう」

「利いたふうなことをぬかすんじゃねえ」

勝蔵にどやされたが、正平はさっと腰を上げる。

おちえが慌てていった。

「え、ちょっと、ふたりとも戻っちゃうの？　ねえ、颯太さん、止めてよ」

「帰るっていっているものを止めてもなぁ」

おちえは、ちょっと待って、と台所へ飛んで行くと、すぐに取って返した。手には大きめの丼鉢と箸を持っている。

「重三郎さまは、少しの間おあずけ」、そうおちえにいわれ、むっと重三郎は顎を引く。

重箱から適当に摘みあげ、丼鉢に次々入れていく。

「おちえちゃん、そんなに詰め込まれても」

勝蔵が遠慮がちにいう。

颯太も呆れ顔だ。好物のあわびが少ししか残されていない。

「お餅も持っていってね」

おちえは、重三郎に箸を渡し、丼鉢を正平に押し付けるようにすると、再び台所へ向かった。

三

勝蔵と正平が、とむらい屋を出た。

道俊が、歯が抜けたようになった重箱を覗《のぞ》き込む。

「なにやら、一気に彩《いろど》りが寂しくなりましたね。ははあ、きんとんがありません」

「来たばかりの私はなにを食えばいいのだ？」

　重三郎がぶつぶついった。

「ったく、ふたりにあんなにやることはねえじゃねえか。おちえ」

　おちえは、颯太をきっと睨《にら》んだ。

「勝蔵さんが、急に帰るといいだしたのは、きっとあたしのせいよ。余計なことを訊いたから、気を悪くしたんだと思うの」

　継母のことか？　それとも妹のことか？　と颯太が唇を曲げる。

「妹さんにもなにかあるの？」

「勝蔵さんは、妹に十年以上会ってねえはずなんだがなぁ」

「ほんと？」

　ああ、と颯太が頷いた。

「じゃあ、妹さんが報せに来たわけじゃないの？」

　そいつはわからねえ、と颯太がおちえを見た。

「勝蔵さんの親が、勝蔵さんのことを世間に内緒にしているのは、聞いているよ」

「どうして内緒にしているの？」

息を吐いて、口を噤《つぐ》んだ颯太に代わって、道俊がいった。

「それは、棺桶職人だからですよ」

「おいおい、そいつはないな。勝蔵は立派な龕師《がんし》じゃないか」

重三郎が眉間《みけん》に皺《しわ》を寄せた。

「ええ、もちろん。勝蔵の作る棺桶は、そりゃあ丁寧に鉋《かんな》をかけ、そこらの早桶のように隙間なんかあいちゃおりません。木はすべるようになめらかで美しい棺桶ですよ。桶職人としてもいい仕事をしていた職人だからこそ、おれは龕師になってもらったんです」

おちえは、でも不浄な生業《なりわい》ってわけね、と呟《つぶや》くようにいうと、銚子を手に取り、立ち上がった。

「お屠蘇はおしまい。寛次郎さん、この間いただいた角樽《つのだる》を開けてくれる？」

はい、と寛次郎が正月飾りの前に置かれた角樽を皆の前に運ぶ。

「いつでしたか、ね、颯太さん。勝蔵さんの父親がここに訪ねてきたのは」

道俊が眼を伏せつつ口を開いた。うん、と颯太が天井を見上げた。

二年前の正月だ、と颯太はいった。

「まだ松の内に、火事があったからよく覚えてるよ」

日本橋葺屋町《ふきやちょう》から火が出て、芝居小屋が二軒と、人形町まで焼けた。夜中の火事だったせいで、逃げ遅れて死んだ者も多かった。江戸は火事が多い。木造の粗末な家に飛び火すれば一気に燃え上がる。嫌な火事だった。焼死した者と、煙に巻かれて亡くなった者——。

「大きな火事や流行り病も水害のときもそうだ。とむらい屋はどうにもならない」

颯太は首を横に振る。

ひとりひとりを弔うことなどほぼ不可能だからだ。次々死人が出る。どこの誰かもわからないまま、葬られる。

水差しにひびが入れば、水を入れておくことは出来ない。ただ捨てるだけだ。人の身体もそれと同じだ。傷つき、壊れれば、それで仕舞いなのだ。

「亡者と生者の線引きをしてやるのが、弔いだ。それができなきゃ、生きている者が悔いを残す。道俊は逆かもしれねえな」

道俊が、すっと目元に陰を作る。

「変わりませんよ。私は経を上げ、仏としてあの世にお送りするのです。颯太さんが、生きている方々を納得させるように、私は、今生に未練を残さぬよう亡者を説得しているのですから」

「それが、うまくいかないと、化けて出るのか？」

「うわっ。やめてくださいよ、重三郎先生」

寛次郎がぶるりと身を震わせる。

「そのうち、寛次郎さんも不思議な目に遭うかもね、正平さんもそうだったし」

おちえが、そういいながら片口を持って座敷に戻って来た。そういえばそうだなぁ、と颯太が薄笑いを浮かべた。

おふたりして、脅かしっこなしですよ、と寛次郎はさらに青い顔をした。

「なに、そう怖がることじゃねえよ。通夜ンときに、棺桶の中で音がするくれえのもんだ」

颯太は事もなげにいいのける。寛次郎が震え上がって叫んだ。

「それだけでも十分だ」

「人は死ぬと身体が硬くなるのだが、それが解けるときに、固まっていた手足が緩んで棺桶に当たる。恐ろしいことではない。亡者の思いが起こすのではない。役に立たなくなった身体が起こすだけだ」

重三郎に説かれても、ですがね、と寛次郎は肩を縮ませる。

「そうそう、あれにはさすがに驚いたけどな。元は売れっ子芸者で、五十過ぎても、浮き名を流していた仏さんだった。道俊が経を上げていたとき、その仏さんが屁《へ》をしたんだよ」

「屁、ですか？」

寛次郎が眼をぱちくりさせた。重三郎が生真面目な顔でうむと頷いた。

「ありえないことではないのだ。死後、身体は腐敗していくからな。すると、身体に腐った気が溜《た》まる。それが尻の穴から出てしまうんだ」

「通夜の席は大騒ぎだよ。贔屓《ひいき》の旦那衆が、息を吹き返した、生き返ったと棺桶を開けちまったぐらいだ」

だが、棺桶の蓋《ふた》を開けた旦那衆が一斉に顔をしかめた。

「暑い盛りで、もう腐り始めていたからな。その臭いが棺桶から立ち上ってまたぞろ大騒ぎだ。皆、鼻をつまむやら、手拭《てぬぐ》いで顔を覆うやら……そのうち誰かが笑い出して、あんなに粋な姐《ねえ》さんも、最期は我慢しきれなかったんだねってさ」

そのあと、和やかに弔いは進んだ。

「私は、懸命に経を唱えておりましたけどね」

道俊が、ため息を吐いた。

寛次郎は、なにやら考え込むようにすると、

「よくわかりませんが、颯太さんに誘われてよかった気がします。おれ、人付き合いが苦手でいろいろしくじってきましたけど、亡くなった方がどう生きていたのか、垣《かい》間《ま》見れるというか、生き方を教えてもらえるような、そんな気がします」

　ぴっと背筋を正した。

　颯太は、くすりと笑った。

「でもな、墓場まで持って行きたかったことが、うっかり暴かれちまうと大変だ。残った者たちの間で一悶着《ひともんちゃく》起きるのもざらだ」

　人間、ともかく生きてみねえとわかんねえよ、と颯太は角樽の酒を片口に注いだ。ねえ、とおちえが苛々《いらいら》と口を挟んできた。

「話がいろんな方向に飛んでいるように思えるんだけど」

「ああ、勝蔵さんの話だったな。で、その火事があってから」

　まもなく勝蔵の父親が、とむらい屋を突然訪ねてきたのだ。とうに還暦を過ぎた父親は髷《まげ》も白く、皺も深かった。ただ、身なりだけはよかった。どこかの商家の隠居というふうだった。

　勝蔵もすぐには父親とは気づかなかった。父親のほうから、勝蔵へ声をかけたのだ。

「勝蔵さんを表に呼んで話をしていたんだがな……」

娘が祝言を挙げることになった。相手は魚河岸に店を持つ二代目。長屋暮らしの者にとっては玉の輿《こし》だ。

だから、姿を現すなといったという。

「桶屋に奉公に出たてめえが、なんで棺桶なんぞ作っていやがる、桶は桶でも棺桶だあ？　なんて了見をしてやがる」

そう罵《ののし》った後で、棺桶屋の兄貴がいては、縁起が悪い、縁談が反古《ほご》になる。父親は、これで縁切りだ、金輪際会うことはねえ、顔も見せるな、と告げにきたのだ。

いいたいことだけをいって父親が去ると、勝蔵は「店先でお騒がせして」と、颯太に頭を下げた。

「それは、親父さんから、妹さんに伝わっているんだろうよ。勝蔵さんは、歳の離れた、腹違いの妹なんざ、はなから妹だなんて思えねえ、と笑っていたけどな」

「そんなはずないわよ。だって、あんなに勝蔵さん、嬉《うれ》しそうにしていたじゃない。おっ継母さんは別にして、妹さんのことを憎く思う理由はないわよね？」

「けど、妹には会っていねえといっていた」

おちえが、長火鉢に載せた鉄瓶から、湯飲みに湯を入れた。

「そりゃあ、とむらい屋も棺桶作りも、誰もが憧れる仕事じゃないのはたしかだけれど、誰かがやらなくちゃいけない仕事であるはずよ。なのに親から息子を縁切りするなんて」

「おちえ坊、いいことというじゃないか」

重三郎が椎茸《しいたけ》の煮物を摘む。

「でもよ、おちえなら、どうだ？　おまえの兄貴でもいい、親父さんでもいい、棺桶作ってることを人様に堂々といえるか？」

颯太に問われ、おちえは、うんと考え込んだ。

「――あたしには、兄さんも、お父っつぁんもいないけれど、もし身内がそういう仕事を生業にしていたら、やっぱり、隠しちゃうかもしれない」

颯太は、「正直だ」と、微笑《ほほえ》んだ。

と、おちえはきりりと顔を引き締め、口を開いた。

「でも、あたしは恥じたりしない。恥ずかしいだなんて思わない。だけど、わざわざ口に出していわないのは、こういう仕事をちゃんと見てくれない人たちに、とやかくいわれたくないからよ」

「それでいいんじゃねえか。ただな、生業だってことは忘れるなよ。おれたちは、人が死ぬから、飯が食える。それを忌み嫌うやつらは多い」

「それは私も似たようなものだな。病人がいないと商売にならん」

「生老病死《しょうろうびょうし》。人が生まれ落ちた時から、逃れることのできないものですから。医者もとむらい屋も、必要とされる生業なのですよ。もちろん、坊主もですが」

道俊がにこりとおちえに笑いかけた。

「そうよね、必要な仕事よね。だって、あたしたちが弔いをしたお家から、ありがとうっていわれると、やっぱり嬉しいもの。いいお弔いだったといわれたら、ちゃんとお別れができたんだなと思うもの」

おちえは自らに言い聞かせるようにいった。

「ああ、そうだ。颯太さん、勝蔵さんにおかみさん、いるのよね?」

「いや、今はいない」

おちえが、はっとする。あたし、やっぱり余計なことばっかりいっちゃったんだ、といって顔を伏せた。

「勝蔵さんが初めて作ったのが、おかみさんの棺桶だ」

皆が、一瞬息を呑んだ。中でも一番驚いたのが、おちえだ。「そんな」と呟いて、言葉を詰まらせた。

「まだ、おれが葬具屋を始めたばかりの頃で、勝蔵さんのおかみさんの弔いを執り仕切った。その棺桶を見た時、眼を瞠《みは》った。あまりにきれいでね。白木の木肌は滑らかな女の身体のようで、側板、底板はぴちりと合わさっていた。こんな棺桶に入れられたら仏も満足するだろうってな。それで、勝蔵さんを説き伏せたんだ」

勝蔵は桶職人だった。桶は、側板と底板、箍《たが》の三つでできている。箍は桶の中で一番肝心なもので、木と木を合わせ、箍の締め付けだけで水が漏れないようにしなければならない。箍が緩んでしまえば、底板が落ち、側板も抜けてしまう。

勝蔵は、箍の締め付けが上手く、しばらく使い込んでも水漏れがまったくない。その腕は奉公先でも高く買われ、すでに独り立ちできるだけの信用も得ていたが、親方が離さなかった。若い者たちに教えてやってくれと懇願されて、通いになって留まっていたのだ。

だが、女房の棺桶を作ったとき、勝蔵は「自分の箍が外れた」と颯太にぼそりといったという。水一滴洩らさない桶を女房はいつも褒めてくれた。でも、その女房が逝った。

「情けねえ。褒めてくれていたことをあたり前のように感じていた。けど女房の言葉が励みになっていたんだと今気づいた」

勝蔵は誰にはばかることなく大声で泣いた。

そうだったんだ、とおちえは瞳を潤ませ、こぼれ落ちそうになる涙を袂《たもと》で拭った。

「だから勝蔵さんがうちにほしかった。痛みを知らねえ奴に龕師は務まらねえと思ってるんでな」

「あたし、一緒に働きながら勝蔵さんのことなんにも知らなかったんだなって思った」

「別に知らなくてもいいんじゃねえか。一緒に仕事をしているからって、相手のすべてを知ることはねえと思うぜ。おちえもそうじゃねえか、話したくないことをわざわざ告げることはないだろう」

颯太がいった。

おちえは、頷きながらも、どこか得心がいかないような表情をした。

「ところで、颯さん。勝蔵さんの妹御は、どこに嫁いだのだ。魚河岸の二代目だというが」

「日本橋の叶屋《かのうや》って魚屋ですよ。それがなにか?」

重三郎は、むっと唸《うな》った。

「まさか、おこうという若内儀《わかおかみ》ではあるまいな」

「名までは知りませんが、叶屋の若内儀だというのなら、そうなんでしょう」

「いま、身ごもっておるはずだが、あまり具合がよくないと、叶屋に出入りしている医者から聞いている」

腎の働きが鈍く、浮腫《ふしゅ》が出ているという話だった。ひどくなると、最悪の場合、母子ともに死に至る可能性もある、と重三郎は沈鬱な表情を見せた。

「なかなか今の内儀、つまり姑がきついそうでな。魚屋は朝も早い、水仕事もある、それに威勢のいい奴らも多いからな、もたもたしていられない。身ごもってからも、ほとんど休ませることがなかったようでな」

「そんなの酷《ひど》くありませんか?」と、おちえが声を上げた。

「姑が、この縁談に乗り気でなかったようでな。本当は、自分の気に入りの娘と一緒にさせたかったようだが、息子がおこうに惚《ほ》れ込んでいて頑《かたくな》に拒んだようだ」

つまり、姑にしてみれば、おこうは自分の息子をたぶらかした憎い娘となるのだろう、と颯太は思った。それも、身勝手極まりないが。

「だからって、お腹にいる赤子は、お姑さんの孫でしょう? 無事に生まれてきてほしいって願うのがほんとじゃないの?」

おちえちゃんのいう通りだが、と重三郎は言葉を継いだ。

「姑は魚屋と承知で嫁いできたのだから、店を手伝うのは当然。嫁は姑に仕えるもの。

自分もそうしてきたが、ちゃんと息子を産んだと、医者のいうことなどには耳も貸さないらしい。それどころか、もともと身体の弱い女子なのだろうと、いっているそうだ」

おちえは、むすっとして「死んだら地獄に落ちるわね、きっと」と、海老に箸を突き立てた。

「乱暴ですよ、おちえさん」

道俊がやんわりたしなめると、おちえは、

「海老はもう成仏しているわよ」

と、返した。

いや、地獄のほう……といいかけて、道俊は、諦めたように息を吐く。

「このこと、勝蔵さんは知らないんだろうな」

颯太が呟いた。

「産み月はいつですか?」

「さて、聞いたところによれば、弥生《やよい》の初めあたりだったが。そのような具合では、早まるかもしれん。無事に生まれてくれればよいがな。月が満ちずに生まれてくるのも、あとが厳しいだろう」

おちえが、海老を頬張りながら、瞳を潤ませる。

「わけがわかんないけど、あたし、悔しい」

颯太は、そんなおちえを見ながら、片口を傾け酒を注ぐ。勝蔵の、どこか照れくさそうな、嬉しそうな顔が浮かんできた。

とても話して聞かせられないが、知っていて素知らぬ顔をしているのも気が引ける。だが、勝蔵は妹が身ごもっていることをどうして知ったのだろう。颯太は首を傾げた。

四

松も取れ、少しずつ寒さも緩んできた。

それでも人の命が尽きるのは、待ったなしだ。寒暖の差が激しい頃や季節の変わり目は、ぽっくり逝く者が多い。如月《きさらぎ》を前にして、五つもの弔いを出した。

葬具の貸し出しだけでも、幾度あったかしれない。道俊は法事に駆け回っている。

勝蔵は、正平に鉋のかけかたを教えていた。

「そうじゃねえ、もっと腰を入れて、ひと息に引くんだ。ちょっと貸してみろ」

勝蔵が木に鉋を据え、すっと引く。

「うああ、勝蔵さん、相変わらずまるで紙みたいな薄さですね」

寛次郎が提灯を片付けながら見とれる。

勝蔵が歯を当てると、向こうが透けるような薄さになる。元は木だ、といわなければわからないくらいだ。

「勝蔵さん、つかぬことを伺ってもよろしいですかね？」

颯太は帳簿付けをしていたが、三和土の隅に置かれている底の薄い桶を筆の穂先で差し示した。

「それ、どう見ても棺桶じゃないですね。おれの眼には、盥《たらい》に見えるんですが」

いやこれは、と勝蔵がもじもじし始める。

「颯太さんにはいっておくつもりだったんだが――」

「まさか、妹さんに！」

おちえが樒《しきみ》を抱えて、三和土へ飛び降りた。竹を割き、箍を作っていた正平がいった。

「親方ったら、じつは時々叶屋で魚を買ってたんですよ、わざわざ日本橋まで出向いて」

「そりゃおめえ、付き合いのある材木屋が神田だしよ。ちっと足を延ばすことだってあらあ。たまたまだよ、たまたま」

勝蔵はもそもそいった。心配事の種があるからでしょう、と颯太は勝蔵に眼を向ける。

「叶屋の姑の噂を聞いたからじゃねえんですか。妹さんに辛く当たってるって」

勝蔵は、息を吐き、鬢《びん》を搔《か》いた。

「颯太さんには隠し事も出来ねえなあ。まあ、以前から、そういう噂を耳にして、ちっとだけ様子を見に行ったとき、あのクソ親父が時折、銭の無心に通っているのが知れたんですよ」

叶屋の裏口から、こそこそ出てくるのを見てしまったのだという。父親を問い詰めると、あっさり吐いた。年若い女房にも逃げられて、仕事もない。玉の輿に乗った娘の処に来てもいいじゃないか、と悪びれる様子もなくいったらしい。こざっぱりとした形《なり》をしていたのはそのせいだったのだ。

開き直った父親は、「棺桶職人が面ァ出すんじゃねえ」と怒鳴った。

「ついカッとなりまして、おめえのほうがよっぽど汚ねえ真似をしてやがると、殴っちまって」

なるほど、姑が辛く当たっていたのは、父親の行状もあったのかもしれない。生来きつい性格の上に、厄介な親娘を背負い込んだと腹立たしく思っているのだろう。

勝蔵は、幾度か通ううちに、おこうと少しずつ話をするようにもなった。

「約束ってのも口はばったいんですがね、産湯《うぶゆ》を使う盥を作ってやるといっちまって。もちろん遠慮されましたけど――」

「無理やり贈っちゃおうってわけね。でも、兄さんだって名乗りはしていないの？」

おちえが訊《たず》ねると、

「そんなことできるはずありませんや」

勝蔵は即座に応えた。

「あいつも覚えてやいないでしょう。親父と継母は、昼間っから酒くらって、なにかとおれン家に妹を預けておりましたがね」

勝蔵夫婦には子が無かった。特に女房が可愛がっていたという。

「本当の娘みてえにね、口移しに重湯を食わせたり、湯屋に連れて行ったり。けど、親父たちが借金抱えて、千住《せんじゅ》に逃げるまでだから、五歳ぐらいまでは面倒見てましたがね」

「なら、絶対、勝蔵さんのこと覚えているわよ」

おちえが、力を込めていった。

「いや、あいつの眼には、ただの客としてしか映ってませんでしたよ。盥を作ってやるなんて、押し付けがましい桶屋ってもんでしょう」

勝蔵は寂しそうに笑って、そら、正平もう一度やってみろ、と怒鳴った。


数日後。重三郎が息せき切って、とむらい屋に飛び込んできた。

「勝蔵さん。妹御が大変だ、おこうさんが。おこうさんの赤子が」

鉋を手にしていた勝蔵の手が止まった。

おちえも、颯太も重三郎に顔を向けた。

「なにか、あったんですかい？」

勝蔵の声が心なしか震えているように思えた。勝蔵には、妹の具合が芳しくないことを告げていた。いつもはさほど感情を顔に出さない勝蔵の頬が時折緩むのを見るにつけ、やはり、隠し通すのが無理だと感じたからだ。勝蔵は一瞬、顔を曇らせたが、

「あいつはおっ母さんになることを心待ちにしております。それは腹の赤ん坊にも伝わっておりましょう。大《で》ぇ丈夫です」と、無理に笑みを作った。

「今朝方、魚河岸に出ていて、棒手振《ぼてふ》りの魚屋とぶつかったんだ。地面に転がされた

拍子に陣痛が始まった」

「ちょっと待って。まだ産み月よりぜんぜん早いじゃない」

おちえの声に、勝蔵がゆっくりと鉋を置く。

「重三郎さま。それで、おこうと赤子は大事ないんで？」

重三郎に訊ねた。

「それが、な」

苦悶《くもん》の表情を浮かべ、重三郎がいった。

「おこうさんは無事だったが、赤子は産声《うぶごえ》もあげずに死んだそうだ」

えっと、おちえが両手で顔を覆った。

勝蔵は、重三郎に頭を下げた。

「お報せいただき、ありがとうございます」

勝蔵は頭を下げると、再び鉋をかけ始めた。正平がその様子を黙って見ている。

「ねえ、勝蔵さん、おこうさんに会ってあげないの？　兄さんじゃない」

おちえが焦《じ》れったいとばかりに声をかけた。

勝蔵が首を横に振る。

「こんな時に、棺桶職人のおれが顔なんか出せるわけがねえよ、おちえちゃん。それに、前にもいったが、おこうは、おれのことなんざ覚えていねえ。兄さんだなんて今頃いったところで詮無いことだ」

颯太が、ゆるりと立ち上がる。

「さて、弔いの相談に行ってきます。おちえ、羽織を出してくれ。おまえも一緒に行くぞ」

「ええ、わかった。でも颯太さん、どこへ行くの？　お弔いの話なんてあった？」

「叶屋に決まってる。赤子の弔いだ」

颯太は雪駄《せった》を履くと、

「勝蔵さん、赤子用の早桶お願いします」

眼をしばたたく勝蔵へいった。

魚河岸は、日本橋から江戸橋までの間にあり、毎朝、魚を積んだ舟が日本橋川の川面《かわも》を埋め尽くしている。叶屋は、魚河岸に一軒、日本橋北詰めの室町《むろまち》一丁目に一軒店を構えている。

午後の通りは人で溢《あふ》れていた。道の真ん中でも盤台に入れた魚を売る者、野菜を売る者でいっぱいだ。

その間を人が行き、荷車が行き、騎馬の武家が行く。颯太は、この喧騒《けんそう》の中に人の営みを感じる。いつ尽きるともしれない命が躍動している。いつも、人の死を目《ま》の当たりにしているせいか、町に出ると必ずそう思う。人は生き、人は死に、人は生まれる。人が変わっても暮らしは変わらない。明日、今ここにいる誰かがいなくなっても、この光景は変わることなく続いていくのだ。

「どうしたの、颯太さん」

「なんでもねえよ」

叶屋の前に立った。下がったのれんに大きく叶の字が染め抜かれている。

間口五間《けん》の立派な造りだ。

店には若い衆が幾人もいた。頭に捩《ねじ》り鉢巻きをし、片袖を抜いて、威勢のいい声を上げ、道行く者を呼び止めている。

颯太とおちえは、一人の若い衆の前に立った。

「いらっしゃい。なんになさいます。夫婦で買い物かい？　羨《うらや》ましいねえ。平目と鯵《あじ》なんかどうだい？　若いお内儀さん、安くしておくよ」

おちえは、夫婦と間違えられてるわよ、と颯太に耳打ちする。

颯太は、「嬉しいか？」と片頬を上げる。

「なによ。その台詞《せりふ》、そっくりお返しいたしますから」

おちえは、ぷんと横を向いた。颯太は、おちえの様子にお構いなく、

「兄さん、悪いが客じゃねえんだ。お内儀さんを呼んでくれねえかな」

そういった。

ああ？　とこれまで愛想のよかった若い衆が、いきなり表情を変えた。

「お内儀さんに何の用だよ」

「こちらで、とむらい屋をお探しではないかと思いまして」

「なんだって？　店先で辛気臭《くせ》えことというなよ。帰れ、帰れ。塩撒くぞ」

「若内儀のおこうさんよ」

おちえがいうと、若い衆が言葉に窮したように顎を引いた。

「店先じゃなんだ。ちょいと、こっちに来てくんな。お内儀さんに伝えてくる」

若い衆が手招いた。おちえが店の三和土を歩きながら、颯太の腕を摑《つか》んだ。なんだか、魚があたしたちを恨めしそうに見てるような気がする、とおちえが怖々いった。

「おめえ、海老は成仏してるっていってたろ」

「それとこれとは別よ。みんな同じ向きで、台にずらっと並べられているんだもの、ちょっと怖い」

「おめえも不思議だな。人の死骸は平気なくせに、魚の死骸は苦手か」

くくっと颯太は笑いながら、それでも、食っちまうくせに、といった。

「それは仕方ないじゃない。お腹が空くから」

おちえが拗《す》ねたようにいう。

「おいこら、おめえら、魚の死骸なんていうな。いかにも不味《まず》そうに聞こえるじゃねえか。獲れたてのぴちぴちなんだよ」

若い衆が振り返って、怒鳴った。どっちでもいいわ、死んでることには変わりないし、とおちえがぼそっといった。

「ところでよ、今奉行所の役人も来ているんだ。おめえら、そっちからの回し者じゃねえだろうな」

「奉行所ととむらい屋はかかわりありませんよ。でも、なぜお役人が?」

「おれは知らねえよ。じゃ、ここで待ってくんな」

若い衆は、颯太を胡乱《うろん》な目つきで見ると、店の奥に入っていったが、入れ替わりに出て来たのは、南町奉行所の定町廻り同心韮崎宗十郎だった。背後には小者の一太の姿もある。韮崎が颯太に眼を止め、

「おう、なんでえ、とむらい屋じゃねえか」

眉間に皺を寄せ、訝《いぶか》しげな顔をした。

「なにしに来やがった。ここの二代目の新之助《しんのすけ》が怪我させられたが、人死になんて出てねえぜ」

「怪我ですか。それは少々先走りましたかね」

颯太はしれっといいのける。

「てめえ、すっとぼけるのもたいがいにしろよ」

「とぼけてなんかおりません。こちらの三代目の弔いの御用聞きに」

「三代目だぁ？　なんの話だえ」

韮崎が頓狂な声を上げるや、長のれんを跳ね上げ、すっ飛んで来たのは、歳の頃は五十くらい、剣のある目元をしている女だった。

五

「叶屋のせつでございます。当世のとむらい屋は死人を訊ね回っているのですか？　うちには、三代目もいなけりゃ、死人もおりません、縁起でもない。とっととお帰り」

甲高《かんだか》い声を出し、颯太を睨《ね》めつけた。

「いえ、三代目がお亡くなりになったと、確かな筋から伺いまして。もし、お力になれるならと、まかりこした次第で」

ああ、お役人さま、と急におせつは猫なで声を出して、韮崎にすり寄った。

「この、みょうちくりんなとむらい屋を追い出してくださいましな」

おせつは店に出ている若い衆に、塩、持っといでといいつけた。

「ちょっと待て、お内儀。おまえさんの息子が怪我をしたのは、棒手振りの魚屋と喧《けん》嘩騒《かさわ》ぎになったせいだな」

「ええ、それはお話しした通りでございます」

「魚の卸値が、高い、安いの口論の末、で間違いねえな？」

幾度もいわせないでくださいましな、二代目の腕、ご覧になりましたか、あんなに腫《は》れて、とお内儀がよよと泣き始めた。

「骨まで折れていねえのは幸いだったな。で、三代目ってのはなんだえ？」

おせつが顔を上げ、颯太を横目に見た。涙なんぞ出ていなかった。泣き真似か、と颯太は呆れかえった。

「三代目などおりません」

「お内儀さん、若内儀のお腹にいた赤子のことですよ」

むっと、韮崎が眼を細め、おせつを見た。

はあ、とおせつは息を吐いた。

「嫁が月足らずで産み落としちまいましてね。三代目なんて、いえませんよ。産声すら上げてないんですから。一度息して、それで止まっちまいました。水子と同じ」

おせつの物言いには感傷ひとつなかった。

おちえが、ひどい、と唇を嚙《か》み締めた。颯太がおせつへ向けて、薄く笑った。

「お内儀さん。今、一度息をしたとおっしゃいましたね」

「ええ、いいましたが、それが？」

おせつがつんと顎を上げ、颯太を見下すような視線を向けた。

「生まれ落ちて、この世で一度でも息をしたのなら、立派な三代目です」

「あらあら、何をいっているのやら。産声を上げたならまだしも、ただ一回こっきり。それで三代目だなんていわれても」

あはは、とおせつが高笑いした。

「お認めにならないのは構いません。ですが、おこうさんの腹の中でちゃんと命を持っていた。それは水子だろうと、死産だろうと、変わらないと思いますがね」

若い衆が、塩壺を持って来た。おせつは、それをひったくるように受け取ると、壺の中に指を差し入れる。

「よさねえか、お内儀」

「止めないでくださいましな、お役人さま。とむらい屋風情に、いいたい放題いわれて、我慢出来るわけないでしょう」

「とむらい屋風情で結構。あっしらは、死人をあの世に送り、残された者の悔いや悲しみにすっぱりケリをつける生業ですから」

おこうさんに会わせてください、と颯太はおせつに詰め寄った。

おせつの口元が怒りのためか震えだす。指は塩壺に入れたままだ。

「おっ母《か》さん、なんの騒ぎだい。母屋にまで聞こえるじゃないか」

晒《さら》しで右腕を吊《つ》った若い男がのれんを分けて出てきた。

「あんたは引っ込んどいで」

おせつが首を回し、声を張り上げた。

「新之助さんですか、この度はご愁傷様でございます」

颯太が頭を下げると、新之助は驚き顔をした。

「ともかく帰ってくださいな——とっとと帰れといっているんですよ！」

喚《わめ》き散らし、塩を撒いたおせつに、やめねえか、お内儀、と韮崎が厳しくたしなめる。一太に塩壺を取り上げられたおせつは荒い息を吐きながら、憎々しげに颯太を睨めつけた。

そんなおせつを横目に見ながら、颯太は羽織についた塩を手で払い、一歩前に出ると新之助に訊ねた。

「おこうさんは、どうしておりますか?」

「かかわりないでしょう? 息のしてない赤子に乳を含ませてましたけどね、いい加減、やめりゃいいのに」

と、横からおせつが吐き捨てるようににべもなくいった。颯太は、おせつをじろりと見やると、

「そんな言い方はよしてくれ、おっ母さん。おこうの子は、おれの子でもあるんだ」

新之助が先に口を開いた。

はいはい、とおせつは面倒臭げに返答をした。

自分の孫でもあるのに、まるで他人事《ひとごと》のようだ。だが、おこうに惚れている息子がましで助かった。これで、おこうを母子で責めるような物言いをしたら、颯太はなにをいうかわからなかった。

「あんな迷惑な父娘《おやこ》は嫌なのよ。それにね、一度、こういうことがあると、子が流れやすくなるの。跡継ぎができなきゃ、嫁としては役立たず」

なんて言い方、とおちえが顔に血を上らせ、何事かいおうとするのを、颯太が止めた。

新之助が、おせつを睨《にら》みつけている。

「もうおこうを責めるのはやめてくれ。おれが怪我をしたのも、おこうが転がされたのも、おっ母さんのせいだろう!」

おせつが、眼を見開く。

「なんてことをいうんだい。おかしな子だねぇ。おまえが棒手振りと喧嘩したからじゃないか」

韮崎が険しい視線を、親子へ放った。

「棒手振りと卸値で言い争いになったのは本当だ。けれど、怒って、その棒手振りを突き飛ばしたのは、おっ母さんだ。わざと、おこうのいるほうにね」

「そんなことあるはずないよ。馬鹿をいわないでおくれな」

おせつが、しおらしく頬に手を当てる。

「お役人さま、この子のいうことはでたらめですよ。きっと初めての子が死んだので気が動転しているんです」

　韮崎が、うんと唸った。

「その棒手振りを捜し出せばわかることだ。人相、風体をもう一度、聞こうか」

　おせつを韮崎が睨めつける。

「もうご勘弁くださいませ。魚河岸を騒がせたのは、こちらにも非がございますゆえ。棒手振りは逃げてしまいましたが、息子は大した怪我ではありませんので」

「でも、赤子が死んだじゃない」

　颯太が止める間もなく、おちえが食ってかかった。

「お黙り。小娘がきゃんきゃん騒ぐのじゃないよ」

　颯太が静かにおせつを見つめた。

「家にはその家のご事情がございます。あっしらとむらい屋は、そうしたことに忖度《そんたく》いたしません。ただ、亡くなられたお子さまをいつまでも引き止めておいては、この世に未練を残します」

「そんなことは、どうでもいい。こっちで勝手にするから。それとも、弔いを出させて、お金がほしいのかい。初めからそういやいいのに。けど弔いなんざしやしないから」

「弔いはなさらない、と。ならば、あっしらは、用無しですが、きっとこいつだけは必要だと思いましてね。受け取ってくだされればありがてえ」

おせつと新之助が訝しむ。

颯太が振り返った。

店の外に、勝蔵が立っていた。その隣には、ふろしき包みを抱えた正平がいる。

「勝蔵さん、間に合いましたか」

頷いた勝蔵と正平が、店の中を歩いてくる。

「お子さまの棺桶です」

新之助が、勝蔵を見て、唇を震わせる。

「あ、あんた、おこうとよく話をしていたお人だな。おこうが、産湯に使う盥を作ってくれる桶職人だと嬉しそうにいっていたが――棺桶職人だったのか」

揃いも揃って、ああ、縁起が悪いと、おせつが頭を振る。

「あっしは、亡くなった人の最期の乗物を作る龕師でさぁ。土に還《け》えるまで、居心地のいいようにしてやる。そいつが、あっしの生業だ」

勝蔵はおせつに向かって言い放つ。おせつが、眼をそらせた。

「せめて、これに納めてやってください」

勝蔵が目配せすると、正平がふろしき包みを帳場に置いた。

「――おこうに。おこうに会ってやってください」

新之助が叫ぶようにいうと、その場に膝を突いた。


幾重にも重ね置いた布団に、おこうは寄り掛かったまま、産着に包まれた赤子を抱いていた。赤子の顔を優しく撫でながら、なにか話しかけている。

颯太たちが入っても、顔を向けようともしなかった。

「おこう。桶職人さんが来てくれたよ」

新之助が傍に座ると、ようやくおこうが顔を上げた。

「産み月が早くなっちゃって、盥、間に合わなかったね――兄さん」

勝蔵が惚《ほう》けた表情で、おこうを見た。

「あたしが気づかないと思ってたの？　ひどいわね。だって、あたしが千住に行くまで、育ててくれたようなものじゃない。でも、きっと兄さんは自分が棺桶職人だから遠慮していってくれないんだと思ってた。あたし、ずっと待っていたのに。どんな生業をしていても兄さんだもの」

青白い顔をしたおこうが消え入るような声でいった。

おちえと正平がぐすりと洟《はな》をすすり上げた。

勝蔵が、風呂敷包みを解く。白木の小さな棺桶だ。

「なら、こいつを使ってくれるか？」

「兄さんが作ってくれたものなら、喜んで。この子も安心して眠れるから。あたしも兄さんとおばさんの間で、いつも安心して眠っていたから」

「おこうさん、赤子のお名は？」

「新吉です」

「ご亭主の一字を取られたんですね」

おこうは、にこりと笑って、おちえに頷いた。

韮崎が険しい表情でかしこまり、おこうを質《ただ》した。

「亭主の証言では、お内儀のおせつがおまえにわざと当たるよう棒手振りを突き飛ばしたそうだが、おまえはどう思う？」

おこうは新吉を抱きしめながら、首を横に振った。

「避けられなかったあたしが悪いのです」

「それでよいのか？　おまえの腹の子が死んだのはお内儀のせいかもしれないのだぞ」

韮崎が穏やかに訊ねる。

「お義母さんは、亡くなったお義父さんの代わりに叶屋を守《も》り立てて来た方です。これまでの厳しい言動も、あたしのためを思ってしてくださったのでしょう。身重のあたしが魚河岸でまごまごしてたんです。これ以上、申し上げることはございません」

颯太は、座敷を覗き見ていたおせつが、顔を伏せ去って行ったのを見た。

新吉の亡骸《なきがら》は、小さな棺桶に納められた。

「この世に、少しだけいてくれてありがとう」

おこうは、真新しい産着に包まれた新吉の頰を優しく撫で、紙で包んだへその緒を新吉の胸元に挟み込んだ。

「地蔵菩薩さまにちゃんとお願いしてね。また、おっ母さんのところへ来られるように」

親に先立ち、幼くして逝った子どもたちは、賽《さい》の河原で地蔵菩薩に救われる日を待つ。

弔いは、おこうの望みで叶屋の者だけでひっそりと行われた。

道俊が小さな棺の前で経をあげた。樒と枕団子と枕飯。

「飯どころか、乳の味も知らねえで逝っちまってよ。なあ、新吉」

勝蔵がぼそりと棺に向かって話しかけた。

弔いの後、おせつが慌てて店から出てくると、勝蔵に深々と頭を下げた。

「あんたの最期の乗物は、あっしが心を込めて作ってやるから、安心しな」

おせつが一瞬、不機嫌に皺を寄せたが、すぐまた頭を垂れた。

「勝蔵さんにしては、ずいぶん思い切った言葉だな」

颯太は、日本橋の賑やかな通りをゆっくりと歩きながら、おちえに笑いかけた。

第四章　儒者ふたり

一

師走《しわす》と季節の変わり目は、なぜか死人が増える。師走は寒いからということもあるが、木の芽どきなど、あたらしい生命の息吹に燃え尽きる寸前の命が吸い取られてしまうのではないかと思う。

颯太が営むとむらい屋も、何件かの弔いや葬具の貸し出しなどがあって、多忙をきわめた。

桜の時季に逝けるのは、華やかで散り際も見事だと誰かがいった。

道俊の打ち鳴らす鈴《りん》の響きが、明るい空の下でいつも以上に響く。黄泉《よみ》への道に迷わぬように昼でも火を灯《とも》した提灯《ちょうちん》を下げる。

颯太は、桜吹雪の中を行く葬列について行く度、物哀しい思いが込み上げる。

もうずっとずっと昔のことだ。己の中に封印していた記憶が、ふとした瞬間に甦《よみがえ》る、そんなときには、つい自分の掌《てのひら》を見てしまう。

傷つき、流れ出た血を思い出すのだ——。


忙しい日々が一段落したある日、朝餉《あさげ》をとりながら、道俊が深い息を洩《も》らした。

少し前から、なにか屈託を抱えているような気はしていた。しかし、颯太はなにも訊《たず》ねたりはしない。話す気になったら聞いてやる。それが一番だからだ。先回りしてお節介しても、余計に話し辛《づら》くなることもある。

ただ、颯太の店にはお節介がひとりいる。

「嫌だなあ、道俊さん。ご飯食べながら、ため息吐《つ》かないで。あたしのお菜が美味《おい》しくないみたい」

おちえが声を掛ける。

「そんなことはありませんよ。納豆も沢庵《たくあん》も美味しいです」

「あたしが作ったのは、青菜の胡麻《ごま》和《あ》え」

あっと、道俊が急いで箸《はし》をつける。口にすると、すぐさま、「いいお味です」といって、笑みを浮かべた。

「この頃変よ、道俊さん。昨日も、法事で出掛けた先のお婆さんがいってたもの。声に張りがないって」

道俊贔屓《びいき》のあの婆さんか、と颯太は苦笑した。なにかといえば読経《どきょう》を頼んでくるのだが、百年前や八十年前の先祖の法要をしてくれといってくるのだ。

お城におわす公方《くぼう》さまじゃあるまいし、先祖供養など遡《さかのぼ》ったらきりがない。それこそお城では、神君さまから歴代の公方さまの命日、月命日は忌《い》み日となる。いまは十一代さまだから、十代までの公方さまの忌み日がある。なんともご苦労なことだ。

ともあれ婆さんは、道俊会いたさ、声聞きたさで法要をするというから恐れ入る。

当の道俊も「ご先祖の供養は大切なお勤めです。きっとよい往生《おうじょう》をなされます」と、しっとりした優しい声音《こわね》でいうものだから、婆さんの熱はますます上がる。読経が終わると布施に道俊が好物の桐屋の飴を必ず添える。桐屋は目黒の安養院門前にあり、白いさらし飴は目黒飴と呼ばれ人気があった。

婆さんの家は目黒不動に近く、小作人を幾人も抱えている豪農だ。「飴一袋なら役者に熱を上げるより安く済む」と、先日、息子にちくりと嫌味をいわれたらしい。

「少し喉《のど》が痛むくらいですよ。どうってことはありません。弔いが続いたからでしょう」

道俊は、おちえにそういって笑いかけた。

「ううん、道俊さんはちょっとやそっとで喉を痛める人じゃないでしょ。なにか、心配事でもあるんじゃないの？」

おちえは、まだ諦めず道俊に詰め寄る。

「やめとけ、おちえ。道俊が喉だっていっているんだ。それでいいじゃねえか」

おちえの眼が颯太に向けられる。

「じゃ、颯太さんは、ため息吐いてる道俊さんを見て、なんとも思わないの？」

「なんともって、道俊は道俊だろうよ」

道俊が慌てて、口を開いた。

「おふたりともよしてくださいよ。ほんとうになにもありません。おちえさん、ご心配いただきありがとうございます」

道俊は箸を置き、おちえに手を合わせた。

「ごちそうさまでした。颯太さん、私は少々出掛けて参ります」

「ああ」

颯太は生返事をして、飯をかき込んだ。

三和土《たたき》に下り立った道俊は、少しばかり佇《たたず》んでいたが、不意に振り返った。

「あのう、弔いを安く済ませるにはどうしたらいいでしょうね」

ん？ と颯太が道俊を見る。

「今更なんだよ」

「いや、葬具の借り賃はもちろんですが、五人組や町役人への礼など、掛かりはいくらでもありそうなので」

「ま、一番安いのは、棺桶《かんおけ》も坊主もなし。五人組の手伝いも頼まねえ。家の者だけで、その辺に穴掘って埋めることだ。土饅頭《どまんじゅう》を盛って、石でも置けばそれで終わりだ」

余裕があれば、線香一本灯してやって、あとはそこらの野の花を飾るくらいで十分だ、と応《こた》えた。

「弔いは、生者の気持ちにケリをつけるものだといったろう。どんな形でも、おれはいいと思っているよ」

「なら、亡くなった人の気持ちはどうなるの？」と、おちえが訊ねてくる。

「死んだ奴は、もうなにも考えねえだろう」

「そんなことないわよ。だから、お坊さまが必要なんでしょ」

「題目と念仏ぐらい童《わらべ》も知ってるさ。まず、銭がねえなら、おれは、弔いは受けねえよ」

ふと颯太の眼前に桜吹雪が舞う。散り行く桜花に彩《いろど》られた土饅頭――。墓石も塔婆《とうば》もない。誰の墓であるのか、数日経《た》てばわからなくなる。穴が浅けりゃ、野犬に掘り出され、食いちぎられ、烏《からす》についばまれる。人の身体《からだ》はただの肉の塊だ。腐って、溶けて、骨になる。

心は、魂は……死んでしまえば、消えちまう。

「では、行って参ります」

道俊がきれいに剃《そ》り上げた頭を下げる。

おちえが突然、颯太をこづいてきた。

颯太は、はっとして我に返る。

「なんだよ」

じろりと見やると、

「どこへ行くか訊《き》かないの？」

「あのなぁ、道俊がどこへ行こうが勝手だろう？　だいたい」

おまえが余計なことをいったからだと、颯太はいいかけたが、やめた。

おちえは不服そうな顔をして、飯茶碗に湯を注《そそ》ぐ颯太の前に座った。

「文句がありそうな面《つら》だ」

「文句はないけど、颯太さんって、皆のことをどう思っているのかなって」

颯太は、箸で飯粒をこそげ落としながら、湯を呑み干した。

ごちそうさん、と箱膳《はこぜん》の中に飯茶碗と皿を仕舞い入れる。

「ねえ、訊いているのだけど」

「ああ、皆をどう思っているかって？　おれが給金を払っている雇い人だ」

「それだけ、か……」

おちえが不満そうに、箱膳を手にした。

「道俊さん、きっとなにか悩んでると思うの」

ふん、と颯太は鼻を鳴らし、

「あいつは坊主だぜ。いつもすました顔してるくせに煩悩《ぼんのう》だらけじゃ駄目だろう？」

おちえをからかうようにいった。

「お坊さんが悩んじゃいけない道理はないわ。いくら修行を積んだって、人は人だもの。安く済ませる弔いなんて、訊いてこないでしょう？　おかしいわよ」

でも、と箱膳に手をかけたままいった。

「道俊さんは、どうしてお寺を出てしまったのかしら」

颯太はごろりと横になっておちえに背を向けた。

「さあな。気になるなら道俊に訊いてみればいい」

「颯太さんも知らないの？」

颯太は応えなかった。

箱膳を抱えたおちえは、邪魔だといわんばかりに颯太の足下《あしもと》をまたいでいった。

「おいおい行儀が悪いなぁ」

ぼやいたとき、

「おはようございます」

勝蔵が顔を見せた。

「あれ、おちえ、どこ行くんだ」

おちえが土間に下りて、下駄を突っかけた。

「どこ行こうと勝手なんでしょ」

おちえは颯太に向けて、あかんべをすると、とむらい屋を飛び出した。

「あのお節介、が」

颯太は、小さく舌打ちした。

二

道俊は、新鳥越町二丁目のとむらい屋を出て、山谷堀《さんやぼり》へ向かった。船宿で舟を頼むと、女将《おかみ》が口元に笑みを浮かべ、

「お坊さま、その形《なり》では吉原へは行けませんよ。頭巾《ずきん》と小袖をお貸しいたしましょうか?」

と、いった。

山谷堀は、吉原に通じている。ここで、舟を仕立てて、勢い乗り込む者が多いのだ。

「生憎《あいにく》、拙僧は吉原へは参りません。南本所《みなみほんじょ》の石原町《いしわらちょう》までお願いいたしたく」

道俊は生真面目に応えた。

「あらまぁ、冗談も通じないのかねぇ」

女将はむすっとしながら、小声でいうと、身を翻して船頭を呼んだ。

大川を下り、石原橋に着くと、道俊は舟を下りた。

堀沿いを歩き、堀留の四つ辻《つじ》を左に折れる。

「道俊さま、道俊さま」

背後から若い女の声がした。道俊が振り返ると、権助長屋《ごんすけながや》のおとせだった。

「これは、おとせさん」

見ると、手に貸し徳利《とっくり》を抱えていた。

「それはまさか」

「そのまさかでございます。道俊さまが今日いらっしゃるから、用意をしてくれと先生がおっしゃって」

相変わらずだ、と道俊は笑みを浮かべる。

「角松《かどまつ》先生のご体調はどうなのです？　いや、歩きながら話しましょう」

こくりと頷《うなず》いたおとせは道俊の隣に並んだ。

「じつは、一昨日はもう駄目かと。桶いっぱいに血を吐いて。あたし、おそろしくなってしまって」

角松は労咳《ろうがい》を患《わずら》っていた。発症して二年になる。

「ではお医者さまを」

いいえ、とおとせはいった。

「医者代が払えぬからと。それより、すぐに、ご門弟の方々に形見《かたみ》わけをするとうわごとのようにいい出して」

「そうでしたか」

「形見わけといっても、古い書物と硯《すずり》と筆、錆《さび》だらけのお刀。着物なんてぼろ同然ですから、皆さま頂戴しても困るだけのご様子でした。あとは、手習いの子の親が持ってくる饅頭やら青菜」

道俊は力なく笑って、足を進める。五日前に見舞ったばかりであったが、もう口も利けない状態かと、落胆した。

「そうしたら、次の日にはお元気になられて。具合がいいから手習いをすると」

「まさか」

おとせも、信じられないというふうに首を横に振った。

「子どもたちを怒鳴るくらいでした」

「では、今日は」

「ええ、お疲れのようで休んでおられます」

「ときに、上田《うえだ》先生は？」

おとせの表情が一変した。

「一度、お見舞いにいらっしゃいましたが、どこぞの高価な菓子だと、そりゃあもう威張りくさって。きんきらきんの羽織を着込んで、お供をぞろぞろ引き連れて来たんですよ。ぼろ長屋だの、どぶくさいだの、さんざんいいたいことをいってました」

しかも、こんなところにいては、病がますます悪くなるばかり、私の持つ根岸《ねぎし》の寮（別荘）で療養したらどうか、と。

「お大名家にお出入りの儒者だか知りませんけれど、失礼にもほどがあります」

おとせは、唇を嚙《か》み締めた。

上田先生らしいと、と道俊は苦笑する。

角松正蔵《しょうぞう》と上田昌信《まさのぶ》は、ともに高名な儒者の門弟だった。互いに微禄《びろく》の御家人《ごけにん》の次男坊とあって、より高みへとの思いも強かったのだろう。才も互角。ふたりは好敵手であり、よき友だった。しかし、角松は町場でわずかな門弟を持ち、手習い塾を始め、上田は師の推挙で大名家への出入りが叶《かな》った。いまや上田の門弟は百名近いという。なにがふたりの命運をわけたのか、道俊は知らない。

「先生にお声かけしてきますね」

おとせが先に木戸を潜《くぐ》る。

木戸もかろうじて立っているようなものだ。住人たちの名を記した札がかかっているが、木が腐りかけているのか、なかには傾いて落ちそうになっているものもある。

道俊は腕を伸ばして、木札を直し、木戸から足を踏み入れた。

たしかに、権助長屋は江戸で五本の指に入るぼろ長屋だ。幸か不幸か火事にも遭《あ》わず、もう五十年は経っていようというから、逆に感心する。普請《ふしん》に当たった大工の腕がよかったのだろう。そのうえ、九尺二間の棟割り長屋ときている。角ならまだしも、間の家は出入り口以外、三方壁に囲まれている。

風通しも悪く、日当りも悪い。だが、店賃《たなちん》は月に二百五十文と滅法安い。

そのせいか、独り身の男や母子暮らしの者が多い。

ただ、上田がいったようなどぶくささはない。通りにもちりひとつ落ちていない。

以前、おとずれたとき厠《かわや》を借りたが、きれいに掃除がしてあり、多少の臭気は仕方がないが、だらしなさは微塵《みじん》もない。

これも、角松先生の教えだ、と思い道俊は胸を熱くする。

「ぼろ家にいるからといって、心根まで腐ってはならぬ。常に身ぎれいにし、掃除を怠《おこた》らず日々を過ごせば、銭はなくとも心豊かに暮らせるものだ」

道俊は、木戸を入って右側三軒目に眼を向けた。柱に古傷が残っている。もう黒ずんで、汚れのようにも見えた。

鑿《のみ》でついた傷だ。あれは、十ぐらいだったか。他の長屋の子どもらと諍《いさか》いになった。なにが原因だったのか、どちらが悪かったのかはもう忘れてしまった。ただ、相手の長屋の子どもが七、八人、権助長屋に乗り込んできた。

道俊は、大工だった父親の鑿を道具箱から取り出して脅《おど》した。相手を萎縮させるのに十分だった。皆が怯《おび》える顔が気持ちよかった。

そのとき、角松が現れ、道俊は手首を強く摑《つか》まれた。抗《あらが》った拍子に鑿が手から飛んで、柱に傷をつけたのだ。

「父親の仕事道具を持ち出すなど、言語道断。おまえは、父親の誇りを汚《けが》したのだ！　子どもなら子どもらしい喧嘩《けんか》をせぬか！　この馬鹿者」

道俊は悔しさと気恥ずかしさで、相手に飛びかかった。権助長屋の者は、だれも道俊を助けなかった。ぼこぼこにされた。

つんつるてんの衣裳は土まみれになった。鼻血が垂れ、目蓋《まぶた》も腫《は》れて眼もみえない。身体中が痛み、息が苦しかった。殴られ蹴られ、おいらは、死んじまうんだ、と思った。

だが、倒れ伏した道俊を角松が抱き上げた。

「おうおう、見事にやられたなぁ。だが、よう頑張った」

そういって、手当をしてくれた。それから、道俊は、面倒だと思っていた手習いを角松の下で始めた。

じゃりと土を踏みしめる音がして、道俊は首を回した。

「先生……」

「なにをしておる、与八《よはち》。ああ、いまは道俊坊であったか、すまんすまん」

おとせに支えられた角松が立っていた。夜着に継ぎ当てだらけの長着を羽織り、にこにこと笑っていた。

以前のようなふくよかな頬はこけ、眼にも精彩はなく、眼窩《がんか》がはっきりとわかるほど落ちくぼんでいた。月代《さかやき》も伸びて、ただ束ねただけの髪はすっかり白くなっていた。

道俊の胸底から、いい知れぬ寂寥感《せきりょうかん》が込み上げる。

なにゆえ、人は歳を取り、死ぬるのであろう――。

生きとし生けるものに宿る命のともしびは、いつか尽きる。生とはなんと残酷なものであろうか。

浄土《じょうど》への道を説《と》く私が、魂の久遠《くおん》を諭《さと》す私が思ってはならぬことかもしれぬ。が、それでも生と死は表裏。どちらが表でどちらが裏か。

わからなくなる。

「今日は天気がよい。久しぶりに大川端へ出てみたい。一緒に酒、いや般若湯《はんにゃとう》でも酌《く》み交《か》わそうではないか」

「先生、ご無理ですよ」

おとせが困り顔をする。

「そうかの。今日はすこぶる調子がよいのだが」

角松が手入れをしていない顎鬚《あごひげ》を撫《な》でながら、道俊をちらとうかがう。

「参りましょう。たまには川風に吹かれるのもよいかと存じます」

「おお、行こう行こう」

角松は、おとせに着替えを手伝ってくれといい、一旦家に戻った。

道俊は、木戸まで戻り、角松が来るのを待つ。

ほどなくして、杖《つえ》をついた角松が出て来た。片方の手には、貸し徳利を下げている。

おとせが眉《まゆ》をひそめた。

「道俊さま、先生をよろしくお願いいたします。なにかあったら、すぐお戻りください」

「承知いたしました」

見た目より、角松の足腰は弱っていなかった。徳利を道俊が持ち、再び堀端を歩いて、大川端へと出る。大川には、幾艘《いくそう》もの舟が行き交っている。桜の時季も手伝ってか、屋根舟も多く見受けられる。舟から桜を楽しもうという趣向だ。

対岸には幕府の御米蔵がある。四番堀と五番堀の間には、首尾《しゅび》の松が見えた。

道俊と角松は、草むらに並んで腰を下ろす。

角松が、にっと笑って、袂《たもと》から湯飲み茶碗を二つと、紙にくるんだ梅干しを出した。

「変わらずですね、先生。肴《さかな》は梅干しですか」

「どんな豪勢な料理よりも、梅干しが一番だ」

「さあて、豪勢な料理など、先生は食されたことがあるのですか？」

道俊が意地悪く訊《たず》ねる。

「おい、馬鹿にしておるのか。私とてかつては——いやいや、やめだやめだ。それより、おまえはどうなのだ。とむらい屋なんぞに居候《いそうろう》して」

「気の置けない人たちですから、伸び伸びと仕事をしております」

「葬式を伸び伸びやるというのも、いささか妙な話だな」

ははは、と角松が笑う。

まずは一献、と角松が湯飲みに酒を注ぐ。

しばし、川風に吹かれながら、酒を口にする。

「明後日か明々後日というところだな」

ぽつっと、角松が呟くようにいった。

えっと、道俊が角松を見る。

「なにがあるのですか？」

角松が湯飲みを手にしたまま、右の対岸を見つめている。遠くに浅草寺の大屋根と五重塔が見える。

「命が果てる」

「なにをおっしゃっているのです。このように外へ出て、酒も飲んでいるではありませんか。それで、明後日だの明々後日だのと、ご冗談を」

「己《おのれ》の身体だ。己が一番よくわかっておる、というだろう？　あんなものは嘘っぱちだと思っていたが、当たっておる」

三日前には、夢を見た。川の向こうで、妻と娘が手招きしていた、と角松がいった。

「あれが三途《さんず》の川というやつかな。妻は若く、娘は死んだ十三のときのままだった。私はもう還暦だ。長く生き過ぎたのかもしれんなあ。年老い、病で面差《おもざ》しも変わってしまったが、その私をよく見つけてくれたものだと嬉《うれ》しくなった」

角松は、ふと茶碗に眼を落とした。

道俊は大川を眺める。柔らかな風が水面《みなも》にさざ波を立たせる。川は、現世と来世を隔てるもの。角松は向こう岸に亡くなった妻子を見たというのだろうか。

「死ぬのも存外、悪くないと思った」

「先生」

「ただな、心残りがある。私自身まぎれもなく貧乏だ。蓄《たくわ》えもない、売るべきものもない。門弟に形見わけしようとしたが、迷惑そうな顔をされた。持っていても二束三文の物ばかりというわけだ。私の世話をしてくれているおとせさんにも残してやるものがない。つまり早い話が、葬式代すらない」

道俊は言葉に詰まった。

「なあ、道俊。読経を上げてもらわねば、亡者は成仏《じょうぶつ》できぬものかな」

「──私は死者にさとりを開かせるよう引導《いんどう》を渡し、彼岸《ひがん》へ送るために今生《こんじょう》での迷いを断ち切る役目もございます──」

「成仏できないのでは困るのう。死してもこの世に未練を残し、さまようことになるのは嫌だな。ふたりの元へ行けぬことになろう」

「先生。もしものときには、私が引導を渡してもよろしいですか？」

角松は、むっと唸《うな》った。

「それはいかん。私は、おまえに銭が払えん。借金をして冥途《めいど》へいくのは、ちと」

「そんなことはどうでもいいのです」

わからんのか？　と角松がいった。

「坊主はおまえの生業《なりわい》であろう？　引導を渡し、経を上げ、戒名《かいみょう》をつける。それで銭をもらっている。そこを曲げるのはよいことではない」

しかし、と道俊は食い下がる。

「私があるのは、先生のおかげではありませんか。読み書きを教えてくださり、父が亡くなった後も親代わりのように面倒をみてくださった。寺へ修行に入れたのも、先生のおかげです。こうして、坊主として食っております」

うむうむ、と角松は頷いた。

「いまだからいうが、怒らんで聞いてくれ。おまえを知り合いの住職に預けたのは、わしの暮らしがきつかったせいでな。親代わりと、おまえが恩義に感じてくれるのはありがたいが、途中で手放したも同然だ」

それは、と道俊が眼をしばたたく。

「初めて伺《うかが》いました」

「当然だろう。手習い塾の束脩《そくしゅう》だけでは銭が続かんから出て行けともいえんのでな」

貧しい長屋での手習い塾だ。角松はろくに礼金を受け取らなかった。長屋の者たちは、青菜や豆腐、お菜などを持ってくる。

「おまえは、物覚えも早かったが、いささか天狗《てんぐ》になるきらいがあった。お店奉公には向かんと思ってな。寺が相応《ふさわ》しいと思ったのよ」

すまんなぁ、と角松は息を吐いた。

と、一艘の屋根舟が岸に近づいてきた。

「角松、角松ではないか」

舟から声をかけてきたのは、上田だった。

三

芸者や幇間《ほうかん》を乗せ、門弟たちはつまびく音曲《おんぎょく》に合わせ、唄い、酒食を饗《きょう》していた。隅田堤まで行って花見をするのだろう。

「そのようなところでどうした？　おまえも舟に乗らぬか」

「いや、結構だ。ずいぶんと賑《にぎ》やかでうらやましいことだ」

角松は応えた。

「遠慮などするな。たまにはこうして騒いでみたらよいではないか。病もよくなるであろう。抹香臭《まっこうくさ》い坊主と酒など呑《の》んでも、あの世が近くなるだけだ」

滋養のある物を食い、いい女と戯《たわむ》れれば病も退散する、と横にいた芸者の肩を抱き、引き寄せた。芸者は上田にしなだれかかる。

「おまえも馬鹿な男だな。女のために出世を棒に振るとはなぁ。見ろ、私を」

春には花見の舟を仕立て、夏には花火、秋には紅葉狩り、冬には雪見。寮を持ち、妾《めかけ》もいる。殿さまを前に講義を開き、門弟は百名近く。

着るものも上等なものばかり、料理屋で飯を食う。先生、師と皆から崇《あが》められ、金も好きなように使える。

「さあ、呑め呑め、唄え唄え」

上田が扇子《せんす》を取り出し、門弟たちを煽《あお》るようにいう。

角松がそれを眺めながら薄く笑う。

「先生、あのようにいわれて悔しくはないのですか?」

角松は湯飲みを振ると、袂に入れた。

「仕方がない。その通りだからなぁ」

さて、行こうかと、角松が杖を立てた。ぐらりと身体がゆれる。道俊が、その身を支えた瞬間、徳利に触れた。

ごろごろと土手を転がる徳利から酒がこぼれる。

道俊が追って摑んだときには遅かった。酒はほとんど残っていなかった。

「申し訳ありません、せっかくの酒が」

「もう呑むなということだろう」

角松が惜しげもなくさらりといった。

「おい、角松。もっと話をしようじゃないか。舟を岸に寄せてやるから、待っていろ。桜を見に行こうではないか」

上田の声が飛んできた。

「上田先生、もうお断りいたしたはずです」と、道俊は怒気を含ませた。

ふん、と上田が鼻を鳴らした。

「おまえの顔を見ていると、辛気臭くなってかなわん。さっさと去《い》ね。やはり病人は寝ているのが一番だな」

上田が笑うと、舟の上が哄笑《こうしょう》に包まれた。

道俊は悔しさに身悶《みもだ》えしながら、角松の背に手をあて、大川端を離れた。

「おまえは、選んだ道を誤ったのだ。手習い塾など開いたところで、なんになる。おまえは多くの知識を反古《ほご》にしたのだ。私と競い合い、語りあったこともすべては無駄であった。学問をするには才覚が必要だ。長屋の洟垂《はなた》れどもに、いくら教えてもなんの役にも立たぬ」

　上田の怒鳴り声が背に聞こえてきた。


　角松は家に戻ると、「疲れた」といって床に入った。

「先生、少しお伺いしてもよろしいでしょうか？」

　角松は天井を見上げながら、こくりと頷いた。

「なにゆえ手習い塾を開いたのですか」

「そんなことか。なに簡単だ。私とて、儒者のはしくれ。大名や直参に出入りが叶い、得た知識を講じ、多くの門弟を抱えることを夢見ていた。武家の次男坊がのし上がるには、それしか道はないと思い極めていたのだ」

　が、角松が二十一のとき、近くの長屋に住む花売り娘がいた。

「十五であったかな。色白で瞳が大きく、花などに用もない男どもがこぞって買っていた。私もそのひとりだ」

　と、角松が咳《せ》き込んだ。

　道俊は側《そば》に寄り、背をさすった。

「桶をくれぬか、道俊」

咳き込みながら、角松がいった。

道俊は急ぎ桶を角松の顔のあたりに置く。激しい咳き込みとともに、角松は喀血《かっけつ》した。

鮮やかな血だった。口の周りが鮮血に染まる。

おとせが慌てて、入ってきた。

「大丈夫だよ、吐いたら楽になった」

角松が口元に笑みを浮かべる。

「捨ててきますね」

お願いします、と道俊が桶をおとせに手渡す。角松は手拭《てぬぐ》いで口を拭い、息を吐く。手拭いも幾度洗ったものか。それでも血の染みが落ちずに変色していた。

「なんだったかな。ああ、そうだ。花売り娘のことだったな」

しばらくして、人相のよくない者たちが、花売り娘に難癖をつけた。花がすぐ枯れた、高すぎるという、たわいもないことだ。

「女衒《ぜげん》のような真似をしている者たちだったことはあとからしれたが、花代を返せと、返せないなら、この証文に名を書けといったのだ。娘の評判を聞きつけてきたのだろう」

だが、娘は筆を執《と》らなかった。字も書けなければ、証文《しょうもん》の中身も読めないのだ。

角松は押し問答をしているところに通り掛かり、証文を無理やり奪うと、品川の料理屋へ身売りする旨が記されていた。そいつらを追い払ったが、角松は嘆《なげ》いた。

「これではいかんと思ったのだ。その娘が、祖母と住んでいたのが、この権助長屋でな。あの頃は酷《ひど》いものだった。まさにぼろ長屋だ。私はここに越して、手習い塾を開いた。その娘にも読み書きを教えた」

教えるたびに娘の眼が輝いた。知らなかったことを覚えるのが楽しいと、角松が教えることをどんどん吸収していった。すぐに、子どもたちを教えるほどにもなったという。

「それが妻だ。私はそのとき考えたのだ。貧しいことが罪なのではない。貧しさゆえに学ぶ意欲を失ってしまうことが罪なのだと、な」

それから、角松は長屋の大人たちにも様々なことを教え、諭した。掃除をすれば気持ちがよくなる。それだけでもいいと。湯屋に行けば気分もよくなる。汚れた着物より洗ったもののほうがよい、と。

たったそれだけで、長屋は見違えるようになった。ぼろ家に暮らしていると蔑《さげす》まれる前に、ここでよりよく暮らすことを考えろ、と。

てな」

「四書五経も教えてくれという者には教えた。それをどう役立てるかは己次第だとし

それで仕舞いだ、と角松はいった。

おとせが桶を持って、戻ってきた。

「先生、お休みになられてはいかがですか」

道俊が訊ねると、

「おまえはなにゆえ、寺を出たのだ？　様々なところで修行をしたのだろう？　それがなにゆえ、とむらい屋に身を寄せることになったのだ？」

とむらい屋、とおとせが眉をひそめた。

「あ、あたし、失礼します」

「構いませんよ。いてくださっても」

道俊はおとせに笑いかける。

「理由はこれといってありません。ただ、大寺院になればなるほど、お上の庇護《ひご》を受け、大名、旗本の菩提寺《ぼだいじ》となり、寺院の格ができ、それらがくだらなく思えたまでのこと。我ら坊主はなにをすることが本来なのか、それを確かめたかったのです」

角松が、なるほどと頷いた。

「その答えが、とむらい屋か？」

「答えになっているかどうかは、まだわかりません。いつまた修行に出るかわかりませんのでね。どうも、私は煩悩だらけのようで」

今朝は、とむらい屋の主人にも、一緒に働いている若い女子にも胸の内を見透かされていたようです、と道俊はいった。


おとせから、角松が危篤《きとく》だという報《しら》せがはいったのは、翌日のことだった。道俊はすぐさま出掛けた。その次の朝、角松は逝った。

角松は自分の死を見事にいい当てた。道俊は人の不思議を思わずにいられなかった。

「世話になった先生を看取《みと》ることができたんだ、よかったじゃねえか」

颯太は法具を磨く道俊の肩を叩いた。すると道俊は、ええと応え、立ち上がった。

「線香を買いに行って参ります」

「あ、あっしがすぐに」

忌中と記していた寛次郎がいうと、いや、いいですよと道俊が出て行った。

今日は相生町《あいおいちょう》で通夜が入っている。

おちえが、団子をこねていた。

「どうしたらいいかな、棺桶がひとつ余っちまいました」

勝蔵が困った顔をした。

「漬け物桶にはでかすぎますものねぇ」

正平がいうと、

「ああ、ほんとだな」

勝蔵が応えた。

「けどな、おめえの作った棺桶は浚《さら》いがなっちゃいねえんだ。もっと仕上げはきれいにしねえと。これじゃ、売り物にはならねえ」

正平に向かっていいながら、勝蔵はちらりと颯太を見る。

「あらあ、お団子も作りすぎたみたい。皆で食べるのはいやでしょう、ねえ」

「ですねえ、味もないし」

寛次郎が、頷いた。

颯太は苛々《いらいら》と足を揺すった。皆、颯太に聞こえるように、わざといっているのだ。道俊の恩師だという角松某《なにがし》の弔いにひと肌脱ごうという魂胆なのだろう。

おちえが、危篤を報せにきたおとせに根掘り葉掘り訊ねたのだ。だいたい、おちえは、道俊の後をつけている。道俊を乗せた船頭にどこまで運んだかも聞いてきていた。

銭がないから、棺桶も葬具も、坊主もなしだというのだ。置いてあるのは、箸を突き立てた枕飯《まくらめし》だけ。

「それじゃ、成仏できないわよ」

と、おちえが騒ぎ出した。まったく、しょうがねえ。颯太は、じろりと皆を見回した。

「情に流されて、弔いなんか出すんじゃねえ。おれたちは弔いを出して銭を得る生業なんだ。銭が出せねえ奴の弔いなんぞいちいちやっていたら、こっちの口が干上がっちまう」

棺桶が余ったんなら、次の弔いに使えばいい、いくらでも死人は出るんだ。団子が余ったら、味噌汁に入れろ、と颯太が怒鳴った。

皆が、颯太を見る。おちえの眼はとくに怖い。

やっぱり、あたしたちは、ただの雇われ人なんだと暗に視線が語っていた。

そこへ道俊が戻って来た。店の中の様子に違和感を覚えているようだった。

「どうかしたのですか？　今日は相生町で通夜ではなかったですか？」

「これから出るんだよ。ただな、勝蔵さんが棺桶が余って困っているらしい。おちえも団子を作り過ぎたってな」

颯太は吐き捨てるようにいった。

道俊がはっとした顔をして、黙って腰を折った。

「皆さまのお気持ちは、まことにありがたく。しかし、そのお心遣いだけ頂戴いたします」

手の粉を払いもせずにおちえが、店座敷を這《は》いながら、道俊に近寄った。

「だって、なにもないのでしょう？　葬具も棺桶も樒《しきみ》も。守り刀は？　装束は？」

道俊は首を振った。

「大丈夫です。私も引導を渡すなといわれました。冥途に行くのに借金を背負いたくないからと」

「そんなのって、いくらなんでも」

「おちえ。死んだ本人がいいといったんだ。余計なことはするんじゃねえ。道俊さん」

「はい」

「今夜は先生の通夜にいってやんな。坊主はこっちで、なんとか手配するからよ」

「ありがとうございます」

道俊が再び頭を下げた。

四

相生町での通夜から颯太は、こっそり抜け出した。

黒い川面に、川縁《かわべり》の灯《あか》りが映り、ちらちら揺れる。

「六さん、こんな刻限にすまないね」

颯太は舳先《へさき》の提灯を見つめながらいった。

死期がわかっていて、すでに喪家と話がついていればいいが、急なこともある。そういうときには、船頭の六助に行ってもらう。還暦間近の爺さんだが、舟を操《あやつ》る腕は、そこらの若い者には負けない。

六助は、口の端に煙管《キセル》を咥《くわ》えながら、

「いいってことよ。なんだい？　急な弔いでもあったのかえ」

そう訊ねてきた。

「その逆ですよ。ちっと見てみてえ、弔いがありましてね」

へへへ、と六助が笑う。

「とむらい屋の颯さんが見てえ弔いってのは、どんなもんだか。相当豪勢なのかえ？」

猪牙舟《ちょきぶね》は、暗い川面をすべるように進む。

暗いな、と颯太は思う。冥途へ続く道もこんなものだろうかと考える。

「いや、石原町の権助長屋だ。知ってるかい？」

「へえ、権助長屋っていったら、あのぼろ長屋のことかえ？　そこの店子《たなこ》がおっ死《ち》んだのをわざわざ颯さんが訪ねていくなんざ、こりゃ酔狂なことだ」

弔い賃なんか、ろくに出ねえよ、あすこは筋金入りの貧乏長屋だからよ、と六助は再び笑った。

「ただ、ぼろいが皆、それをまったく気にしてねえというか、むしろ店子連中は手習いや仕事に励んでいるそうじゃねえか。垢染《あかじ》みた奴もいねえ、こざっぱりした恰好《かっこう》して、長屋もきれいだって話だぜ」

「よく、知ってるな、六さん」

「この間、乗せた客がよ、日本橋の袂の魚屋の主人でよ。前は権助長屋に住んでいたって懐かしそうにいってたもんでよ」

そうか、と颯太は呟いた。

角松のしてきたことは、きっとこういうことなのだろう。その結果は、少しずつ実を結び始めている。

「貧しいのは罪ではない。罪なのは、学ぶ意欲を失わせることだ」

角松が常々いっていた言葉なのだと、道俊はとむらい屋を出るとき、ぼそりと颯太へいった。それが、角松先生なのです、とも。颯太はそれを思い出していた。

「石原橋んとこでいいですかい？」

ああ、と颯太は応えた。六助が橋を潜《くぐ》り、橋脚の近くの桟橋に舟を着ける。

「悪いが、すぐに相生町に戻らないといけねえんですよ。待っててくれますかい？」

「おう、お安い御用だ」

六助は、煙草盆を引き寄せると、早速火をつけ、美味《うま》そうに煙草を服《の》んだ。

白い煙が、もわっと上がって、消えていく。

堀沿いを歩き、颯太は眼を瞠《みは》った。権助長屋はどこかと訊ねる前に、長蛇の列が続いていた。

颯太は、行列の横を進んだ。いまにも朽《く》ち果てそうな木戸のなかにも溢《あふ》れんばかりの人だった。道俊の経は聞こえてこない。本当になにもない弔いなのか。

いい歳をした男が目頭を押さえて泣いていた。

こいつはなんだ――。

「あんた、角松先生のご弔問にきたんなら、後ろに並びなよ」

「いや、人が並んでいたもので、なにがあるのかと思って覗《のぞ》きにきたのだが」

年増女《としまおんな》が眼を丸くする。知らないのかといわんばかりだ。

「角松先生って手習い塾の先生の別れの式だよ」

「別れの式？」

「そ、先生は銭がないからってさ。長屋の者にも五人組にも、町役人にも、負担を掛けることになるから弔いなんざいらないって。それより、別れの言葉だけいってくれってさ」

年増女がいった。

「死んでから借金を残したくねえってよ。先生らしいよ」

職人ふうの若い男がいった。

「穴掘り賃だけは必要だって、家財を全部売り払ってさ。それでも、お足は三百文とちょっとにしかならなかったけどね」

と、そのとき仰々しい恰好をした男が早足でやって来た。

「馬鹿が。とうとう逝きおったか」

見たところ、死んだ角松とさほど歳は変わらぬくらいだろう。物言いがぞんざいだ。

角松とは顔見知りだったのかもしれない。

「なんて言い方するんだい、角松先生に向かって」

　年増女が大声を上げると、黙って並んでいた者たちも一斉に、そうだそうだ、と口々に叫び始めた。

「静かにせんか！　貴様ら、角松から学んだ者たちであろう。行儀も作法もなっとらん。あの馬鹿めは一体、なにを教えておったのだ」

「うるせえ、威張り腐ったものいいしやがって。角松先生はな、おれたちに、読み書き算盤《そろばん》、四書五経まで教えてくれたんだ」

「四書五経、だと。どこまで馬鹿なんだ。こんな者たちに教えても、なんの理解も出来ぬだろうが」

　颯太がずいと進み出た。

「失礼ながら、そちらさまは」

「私は上田昌信という儒者だ。さるお大名家のお出入りを許されておる。おまえも角松の教え子か？」

「いいえ、私は、角松先生の教え子の仲間でございます」

　ふんと、上田は顎を上げた。

「それにしても、この人数は、なんだ」

上田は、首を回した。木戸からは、次々と人が出てくる。皆、涙を拭っていた。

「先生、たかが手習い塾の師匠ですよ。この長屋に長く住んでいたのですから、教えた人数も多いのでしょう」

上田の傍らについていた門弟が小声でいった。すると、いきなり列の中から声が上がり始めた。

「先生のおかげで、おれはこの長屋を出て、表店を構えられた」

「おれもそうだ。奉公先で重宝がられて、いまじゃ番頭にまでなった」

皆が、次々口にする。

「あたしだってそうだよ。どんな字だって書けるからね。代筆屋で儲《もう》けてるんだ」

むむ、と上田が唸る。颯太は誰に言うともなく口を開いた。

「私は角松という先生を存じ上げませんが、お偉い方ならいくらでも、よい先生をつけることができましょう。けれど、長屋暮らしの者たちはそうはいきません。生きる知恵と生きるための知識を教えたかったのではないでしょうか」

大名や直参が学問を修めるのは当然だが、町人のほうが暮らしに役立つ知識を圧倒的に必要としているのだ。角松はきっとそれをわかっていたのだ。高度な学問を説くより、明日のための学問だ。

「上田先生は、多くの儒者をお育てになっている。角松先生は、活きる学問を説いていた、その違いでございましょう」

「上田先生を愚弄《ぐろう》する気か！　この町人風情がぬけぬけと」

「ぬけぬけでもなんでも、私は本音をいったまでのこと。この別れの式が立派な証《あかし》となっているではございませんか」

「貴様、名はなんという」

「颯太でございます。新鳥越町二丁目でとむらい屋を営んでおります」

「とむらい屋、だと？」

「きっと上田先生の弔いには、お偉い方々も学者さまも、ご弔問になることでございましょう」

私の弔い――と、上田が、減るどころかどんどん長く続く行列を振り返る。

「こんな者の相手などせず参りましょう。早く焼香を済ませて……」

「焼香なんざないよ」

年増女が怒鳴った。

「焼香もないのか」

上田があぜんとした顔をする。

「上田先生。いらしてくださったのですか」

道俊が姿を現した。誰かが告げにいったのかもしれない。

颯太はそっと背を向けて、笠で顔を隠した。

「こちらへどうぞ。なにもございませんが、ただ、角松先生へお言葉をかけてくださいませ」

上田が目蓋を閉じた。

「今夜は通夜であろう。明日また出直してくる」

上田が踵《きびす》を返した。


「それで、上田って儒者はどうしたの？」

おちえが、味噌汁を道俊の膳に載せながら、訊ねた。

「次の日の朝、おひとりで再び来られて、先生の亡骸《なきがら》に手を合わせました。それから」

巻き紙を取り出し、

「角松正蔵。私はおまえが嫌いだった。私よりも優れ、穏やかなる性質で、皆に慕われていた。その才も性《さが》も、私には羨《うらや》ましく、妬《ねた》ましいものだった。師匠はおまえを大名家の儒者に推挙していたのだが、私は一計を案じた」

　上田は、朗々とした声で読み上げた。

「おまえが悪所に入り浸り、塾の銭を使い込んでいると、師匠に注進したのは私だ。しかしおまえは、口答えひとつせず、破門となった。そのときにはすでに、妻となる女と出会《でお》うていたのだろう。私は卑怯者《ひきょうもの》だ。そしておまえはとことん馬鹿者だ。しかし、私が死したとき、心底哀しむ者が幾人おるだろうか。おまえに妬心《としん》を抱いた私を許せとはいわぬ。詫《わ》びもせぬ。私は私なりに学問をきわめたかった。だが、いつしかその思いは消え、金を求めるようになった。おまえが手習いをやっていることを風の噂で聞いたとき、軽蔑した。私は苦労して学んだことを捨てるような真似をしないとな。おまえは道を違えたのだ。私はおまえを認めぬ。彼岸で再会したら、罵倒《ばとう》してやろう。その日が待ち遠しい」

　上田はすべて読み終えると、角松の着古した着物の襟元に差し込んだ。

「なんだか、変な弔辞ね。悪口ばかりいって」

　おちえが小首を傾げた。

「そうでしょうか。私には、とても温かいものに思えましたが。きっとふたりは仲良しだったのでしょう」

粗筵《あらむしろ》で包んだ角松の骸《むくろ》を埋め、土饅頭を作った。

おとせが、そこに石を置いた。

風が吹き、桜が舞った。

颯太の現前に甦る光景――。

「人ってのは、生き方も死に方もそれぞれ違うんだ。ひとつとして同じ物はねえのさ。角松ってお方は、自分の死に方を決められたんだ。滅多にできねえことだ」

おちえは、ふうんとちょっと不満そうに頷いた。

颯太が飯を頬張りながら、

「別れの式ってのも、いいもんだな」

といった。道俊が一瞬、眼を見開いて、颯太を見る。

素知らぬ顔をしている颯太に、道俊は微笑《ほほえ》んで、

「ええ」

と応え、枕団子が浮いている味噌汁椀を手に取った。

第五章　三つの殻

一

寛次郎は、夜中にぱちりと眼を覚ました。おっ継母《か》さんのおすみから、寝る前に水をたらふく飲むんじゃない、夜中に厠《かわや》へ行くようになるといわれていた。けれど、その夜は、どうにも蒸し暑くてたまらず言いつけを破って、寛次郎は瓶《かめ》から汲《く》んだ水をごくごく飲んでから、床に入った。

ああ、継母のいう通りだ。

実のおっ母《か》さんが死ぬ前は、いつもお父《と》っつぁんとおっ母さんの間で寛次郎は眠っていた。だから、厠へ行きたいと起こせば、ちょっと眠たそうな顔をしながらも、おっ母さんは起き上がってついてきてくれた。でも新しいおっ継母さんは、「八つにもなってひとりで寝られないなんて」と、夫婦の寝所から寛次郎は追い出された。それはしかたがない。

おいらだってもう八つだ。いつまでもお父っつぁんやおっ継母さんと一緒の座敷で寝るわけにはいかねえ。

けれど、夜中にひとりで厠へ行くのにはちょっとどころか、かなり怖かった。軒下《のきした》に吊《つ》るした風鈴の音色にまで、びくりと肩を震わせた。廊下を歩く自分の足音さえも、なにかが後ろからついてくるように聞こえた。雨戸の隙間から差し込む月明かりに少しだけほっとさせられる。

寛次郎の家はそこそこ大きな紙問屋だ。

お父っつぁんは、武州《ぶしゅう》の出で、いまは小川村《おがわむら》という処《ところ》の紙を買い付けにいっている。五日前に、店を出て、戻るのは明日の予定だった。紙は後から届くので、お父っつぁんはいつもひとりで行く。

寛次郎にその都度土産を買ってくるが、今度はなんだろうとわくわくしていた。

ようやく廊下の端っこにある厠に辿《たど》り着いた。といっても、寛次郎の寝間からほんの五間《けん》ほどの距離だ。

それでも、寛次郎は何かをやり遂《と》げたような心持ちになって、寝間着の裾《すそ》を割って、勢いよく尿《ゆばり》をした。

と、厠の連子窓《れんじまど》から白壁《しらかべ》の土蔵《どぞう》が見えた。月の光を浴びて、一層白く浮かび上がって見える。ふと寛次郎は異変に気づいた。

わずかだが扉が開いている――。

ぶるっと寒気がした。あの土蔵の中には紙しか納めていないはずだった。盗人《ぬすっと》が入ったところで盗《と》るものなどなにもない。

だとしたら、母屋《おもや》のほうに盗人がいるんじゃないだろうか。寛次郎は、大声を出すのかそれとも、おっ継母さんの寝所へそうっといって告げたほうがいいのか頭の中を大急ぎでかき回した。

やっぱりおっ継母さんに報《しら》せよう。

寛次郎は廊下を大急ぎで、でも足音をしのばせながら戻った。

おっ継母さんは、まだ起きていた。番頭と酒を呑《の》んでいた。番頭は、寛次郎が赤子の頃から奉公していて、兄さんみたいに感じていた。

だから寛次郎は別段、奇異に思わなかったが、

「おっ継母さん、蔵の扉が開いているんだ」

と、声を震わせながらいった。

番頭は急に慌て出して、

「お内儀《かみ》さん、ちょっと見てきましょう」

そういって、手燭《てしょく》に火を移して、座敷を出た。

少し経ってから、番頭の悲鳴が聞こえた。

おすみと寛次郎は異様な声に恐怖を覚えながらも、蔵へと駆け出して行った。

見れば、開け放した蔵の扉の前で番頭が尻餅《しりもち》をついていた。

「なんだい、どうしたんだよぉ。みっともない声をお出しじゃないよ」

おっ継母さんは、酒のせいかちょっとあまったるい物言いをして、手燭を番頭から取り上げて、蔵の中を照らした。

寛次郎は、これ以上は眼が開けないというほど、見開いた。

ぶらんと下がった足が見えた。

おっ継母さんが、手燭を上にかざすと、梁《はり》からぶらさがっていたのは、買い付けに行っているはずのお父っつぁんだった。

「お父っつぁん！」

寛次郎は叫んだ。

「どうしたの？　寛次郎さん、ずいぶんうなされていたみたいだけど」

おちえが送り提灯《ちょうちん》の埃《ほこり》をはらいながら、寛次郎に声を掛けてきた。

「あ、あ」

寛次郎が文机《ふづくえ》から顔を上げると、おちえが、ぷっと吹き出した。

「嫌だ。寛次郎さん、頬に墨がついてるわよ。しかも、忌中《きちゅう》の字が逆」

おちえは、くすくす笑いながら指差した。寛次郎は頬を撫《な》でる。掌《てのひら》にべっとり墨がついた。

「忌中」を幾枚も書きながら、うたたねしてしまったのだ。

おちえが台所へいって、濡《ぬ》れた手拭いを持ってきた。

「すいません、おちえさん」

「うたたねも珍しいけど、なにかあったの。汗もかいてるわよ」

寛次郎は、頬を拭いながらガキの頃の夢だと告げた。おちえは途端に興味を示して、

寛次郎の横に座り込んだ。

「ねえ、どんな夢？　怖い夢？」

「まあ、怖いといえば怖いけど、嫌な夢ですね」

寛次郎は息を吐いた。ずいぶん見ていなかったのに、なぜいまさらと思った。けれ

ど、あの光景を忘れるなど、できやしないこともわかっている。

自分の父親が首吊りしている姿なんて、どうやっても消し去るのは無理だ。

首を吊って幾日か経っていた。顔は赤黒く変色して膨《ふく》らんでいた。足下には、洩《も》れた糞尿が乾いて、臭いを放っていた。

おちえが、ずっと寛次郎を見ている。寛次郎は薄く笑った。話しちまったほうが楽になるかもしれない。期待に眼をきらきらさせているおちえに向けて口を開いた。

話す都度、おちえは、え、とか、まあ、とか声を上げ、寛次郎がすっかり語り終えたときにはぐすりと洟《はな》をすすり上げた。

「ごめんなさい。あたしったら。颯太さんの周りには、なぜかしらいろんな人が集まるのね。だけど、幸福を絵に描いたような人は一人もいない」

寛次郎は、安堵《あんど》した顔でおちえを眺めた。

「おちえさんにも色々あったんですか?」

おちえは軽く首を横に振る。あたしは大したことじゃないわ、寛次郎さんの方が辛《つら》い思い出よね、といった。

「でも、まことのことですから。聞いていただいて、ちょいとほっとしました」

寛次郎が軽く微笑《ほほえ》むと、おちえは、さらに洟をすする。

「寛次郎さんのお父っつぁんはなぜ自分で死んじまったの?　後添えももらって、商いだってうまくいっていたのでしょう?」

「ああ、それはですね、番頭とおっ継母さんが殺《あや》めたんです」

えっと、おちえが眉をひそめた。

寛次郎は、筆を片付けながら事も無げにいった。

「ふたりはデキてたんですよ。それをお父っつぁんに見つかっちまって」

江戸を発《た》ったその夜に、忘れ物をして戻ってきたところ、ふたりが同衾《どうきん》しているのを見てしまったらしい。らしいというのは、寛次郎はまだ八歳だったからで、同衾とか、デキてたというのは、親戚の叔父たちが話していたのを聞いただけで、ピンとこなかったのだという。

ただ番頭が首を絞めて、おすみと蔵の梁に吊るしたことだけは理解していた。

「でもよくわかったわね。首吊りと首を絞められた違いなんて」

そりゃ、あたりまえだ、役人の眼とて節穴ではないと、のっそり入ってきたのは医者の巧重三郎だ。

「あら、いらっしゃいませ。やだ、表まで聞こえていたの」

重三郎はそんなことはどうでもいいとばかりに、

「素人《しろうと》は喉仏《のどぼとけ》のあたりを懸命に絞めるが、首吊りはな」

首の横にある血の管を撫ぜた。

「縄《なわ》が斜めにその血の管を絞める。あっという間だ。首を他人に絞められると苦しみの中で死ぬが、首吊りは一瞬だ」

勝手知ったるとばかりに、薬籠《やくろう》を框《かまち》においていて、座敷に上がり込んできた。

「それと、縄の跡とは別に首元に引っ掻《か》き傷がありましてね。その位置が、一致しなかったのをお役人に咎《とが》められて、白状したってわけです。それもあとから聞かされた話ですけど」

結局、おすみと番頭は主人殺しで死罪になった。本当は買い付けから戻らないと騒ぎ立て、蔵で番頭が首吊りを発見するという筋書きだったらしいが、その前に寛次郎に見つけられてしまった。

「酷《ひど》い話。寛次郎さんが気の毒すぎる。お店はどうなったの？」

「ああ、親戚が話し合って潰《つぶ》しました。でも殺しがあった店だからなかなか買い手がつかなくて。ま、おれは、親戚中をたらい回しにされて、十五のとき悪い仲間に入っちまって」

いまは親戚の誰とも会ってもいないし、疎遠になっているという。

「でも叔父の家にいた、おたまさんって女中さんだけが、可愛がってくれましたよ。色々心配してくれて……そういや、賭場《とば》にも迎えにきたことがあったっけ」

ぼっちゃんを返せと啖呵《たんか》をきって、抗《あらが》う寛次郎の手を摑《つか》んで、無理やり賭場から連れ出されたという。

へえ、すごいとおちえは、感心するように頷《うなず》いた。

「丸々した身体《からだ》で、威勢がよくて、歳《とし》は三十を過ぎてたかなぁ。腹減らしてると、自分の飯を残しておれにくれたんですよね。その人にだけは頭が上がらなかったな」

寛次郎は、はあと天井《てんじょう》を見上げて、

「おれ、なんだろう。親を看取ってないんだなぁって、ここに世話になってから思ったんですよねぇ。おっ母さんも、赤子のときに死んじまって、お父っつぁんは殺されて、結局、弔いも出させてもらえなかった、ちゃんと別れをしていないのがずっと心残りになっているような気がするんですよ。それに、お父っつぁんを殺めたふたりもお仕置きになったから、憎む相手もないというか」

淡々とした口調でいった。

重三郎がふむと唸《うな》る。

「親を看取れる者ばかりではないが、人には必ず別れがくる。別れの中でも親との死別はまあ、自分の一部をはぎ取られるような感じだなぁ。親が子を亡くしたときはそれが一層酷い」

「重三郎さまはお医者さまとして、そういう別れというか、看取りをしていなさるから、そう思われるのでしょうが、おれにはあまりわからなくて。悲しい、辛いというのはここで幾度も弔いを見てから、感じるようにはなりましたけれど」

おちえが呟《つぶや》くようにいった。

「あたしはおっ母さんを看取ったけれど、悲しいよりも、重三郎さまがおっしゃるとおり何かはぎ取られたというか、心にぽかっと穴があいた感じがしたの。しばらくぼんやりして、なにも手につかなかった。知らないうちに涙が出てきたりして」

「喪失感を得ることは人にとって大切なことだ。泣くのは恥ではない。生きているからこそ涙を流せると思えばいい。枯れることもないからな。ぽかりとあいた穴は無理に埋める必要はない。それとどう付き合っていくかで、人は強くもなろう。痛みのわかる人にもなる」

そこへ颯太が汗を拭いながら戻ってきた。

「おかえりなさい」

「なにを、三人で頭突き合わせてくっちゃべってんだよ」

「たいしたことじゃありません」

寛次郎がいうと、ふんと颯太は三人を横目で見る。

「とはいえ重三郎さんがいて、助かった。これから、おれと浅草の真砂屋《まさご》へ一緒に行ってくれませんか」

真砂屋は京扇子《きょうせんす》を扱っている店だった。

重三郎がわずかに身を引いた。

「まさか検死ではあるまいな。最近、お奉行がうるさくてかなわん。お前も医者のはしくれなら、少しは世の中に役立つことをしろとな」

重三郎の縁戚は、南町奉行の榊原主計頭忠之《さかきばらかずえのかみただゆき》だ。

「いえ、怪我人、でしょうか。南町の韮崎宗十郎さまのお頼みです」

ちっと、重三郎が舌打ちした。

「ようは、お奉行さまの命だということだな。まあ怪我人ならいたしかたないな」

ところが、颯太は面目なさそうに首筋をかき、

「殺しか、首縊《くく》りの仕損ないのようで」

と、いった。

寛次郎とおちえの顔が強張《こわば》った。

二

急ぎ颯太と重三郎が真砂屋へ行くと、韮崎の小者をしている一太が店の前で待ちわびたような顔で、すぐさま「こちらです」と、店から母屋へと案内した。

その間に、一太が事のあらましを早口でまくしたてた。

主人の市兵衛は、納戸の中に張られていた縄に首を掛け、座り込んでいたのだという。今朝、番頭が見つけたときには、もうすでに市兵衛の意識はなく、すぐに床を取り、寝かせたが、誰が呼び掛けても反応がないということだった。

「納戸は蔵代わりに使っていたようでして、ここの主人の市兵衛は、扉を少し開けた状態で、縄に首を引っ掛けていたそうです」

「ふむ。では尻は浮いた形だったということかな。それで、首に縄が食い込んでいたと」

「その通りです、先生」

一太が重三郎の問いに応えた。

「ところで、なぜ納戸に縄が張られていたのだ？」

重三郎が、首を傾《かし》げながら、一太に訊《たず》ねた。

「番頭の話ですと、時折、市兵衛が書物の陰干しをするんだそうです。書物を開いて縄に引っ掛け、風を通すだけらしいんですが」

「で、なにゆえ定町廻りが出張《でば》ってきたのだ」

それは、と一太が、ひとつの座敷の前で立ち止まった。

「うちの主人が首縊りをする訳がわかりません。きっと誰かに殺められたに違いありません。商《あきな》いもうまくいっておりましたし、末娘もひと月後には祝言《しゅうげん》を挙げることになっていたのです。それなのに、首を縊るなんておかしいじゃありませんか！　ちゃんとお調べくださいまし」

中から懸命に訴えている女の声が聞こえてきた。

「と、いうわけです」

一太の返答に、なるほど、と重三郎が頷いた。

「うちの旦那は、母屋の中だし、殺しは無理だろうといっていたんですが、お内儀がどうしてもと譲らず、奉公人をすべて集めて、詮議《せんぎ》したんですが、それぞれ皆、市兵衛とは昨夜会ったきりだと。それに、奥の納戸に行くには、もう一枚扉があって、そこには鍵が掛かっているんです」

「じゃあ、番頭はなぜ納戸で市兵衛さんを見つけられたんですか？」

颯太が訊ねた。

「扉が開いていたからだそうです」

「鍵は？」

「むろん、市兵衛さんとお内儀しかありかは知りません」

「わかった。ともかく病人を先に診《み》よう。殺しか自殺かは、韮崎さんの仕事だ」

「お願いいたします」

重三郎と颯太が座敷に足を踏み入れると、内儀であろう女子が目許に袂《たもと》をあてていた。

一太がこそっといった。

「あれが内儀のおたつさんです。それと枕辺に並んで座っているのが」

婿《むこ》取り直前の末娘のおとよ、次女のおしな、長女のおこん。長女と次女はすでに嫁入りしているという。

おたつに面差《おもざ》しのよく似たおとよは、泣き続けていたのか眼の周りを赤く腫《は》らしていた。

おとよは十七だ。おしなは二十三、おこんは二十五で、ふたりには子どももいる。

韮崎が振り向き、颯太と重三郎を見て、珍しく安堵したような顔をした。おたつの話をずっと聞かされていたのだろう。

韮崎は立ち上がり、重三郎に頭を下げた。

「すまないな、先生。丁度とむらい屋が通りかかったもんで」

「まあ、構わぬよ。どうせ、お奉行の差し金もあろう？」

「いやどうも図星ですよ。役所の人間は少ないんで、使えるときは、重三郎を使ってくれと」

「そんなことだろうと思ったよ」

それだけいうと、重三郎は口をぽかりとあけ、眠っている市兵衛の傍らに腰を下ろした。

おたつと娘たちが訝《いぶか》しがった。

「このお方は、南町奉行榊原さまの縁戚でな。町医者の巧重三郎先生だ」

韮崎がいうと、あれ、お奉行さまの、と皆が絶句した。それでも、おたつだけは、

「うちの人のお診立てをよろしくお願いします」と、涙声まじりにいった。

その様子を眺めていた颯太は、役目は終わったとばかりに踵《きびす》を返した。

「それじゃあ、韮崎さま。あっしは、貸し出した葬具の受け取りに行く途中だったん

ですからね。もう、行きますぜ」

するとと韮崎が、ぐいと颯太の腕を引いて、耳許で囁《ささや》いた。

「主人の命が助かるかどうかは知らねえが、このまま死ねば、おめえが弔いを仕切れるんじゃねえか？」

はっと颯太は眼を見開き、韮崎に笑みを向けた。

「困りましたね。御番所のお役人がとむらい屋の斡旋業《あっせんぎょう》をしているのかと噂が立ちますよ。だいたい、これだけのお店だ。旦那寺《だんなでら》もしっかりしているだろうから、うちの道俊は用無しですし、町役人だって、ほっときゃしませんよ。あっしらみたいな小せえとむらい屋など入れる隙はねえでしょうよ」

「ほう。いつになく殊勝《しゅしょう》なことをいってるじゃねえか。屍肉《しにく》をすぐ嗅ぎ付ける烏《からす》だと思ってたんだがな」

「ご冗談を。あっしらは、烏なんかじゃありません。うぐいすですよ」

「けっ。夏真っ盛りでなにがうぐいすだ」

「そこのお二方、少し静かにしてもらえぬか」

重三郎がぴしゃりといった。すっかり医者の顔をしていた。

韮崎はむっと顔を歪《ゆが》め、颯太は素知らぬ顔をした。

「ちょっとこっちへ来い」

　韮崎がさらに颯太の腕を引き、廊下へと出た。白い辛夷《こぶし》の花が散っていた。颯太はあからさまに嫌な顔を韮崎にして見せた。

「そういう顔をするんじゃねえよ。おめえはどう思った？　市兵衛を見ただろう」

　どう、といわれましてもねえ、と颯太は首を傾げた。

「重三郎さんのお診立ての先をいうのは、はばかられますが、もう駄目でしょうね」

　韮崎は、むむっと顎《あご》を引いた。

「なんで、それがわかるんだよ」

「生がもう洩れちまってます」

「なんだそりゃ」

　颯太は医者の眼を持っているわけではない。死に臨む多くの人々から感じる匂いとでもいうのだろうか。

「容れ物が駄目になっている匂いです」

「容れ物ってのは、身体ってことかえ？」

　韮崎は顔を歪める。

「ええ、まあ。それは幼い子どもでも年寄りでも一緒です。いうなれば、寿命という奴でしょうね」

「はん、やっぱりおめえは屍肉を嗅ぎ付ける烏だよ」

「なんとでも」

颯太は赤い唇に笑みを浮かべる。

「市兵衛はな」

婿養子で、おたつとははとこ同士の夫婦だ。京にいた子どもの頃には、よく家を行き来して遊んでいたのだという。おたつの家が江戸店を出すことになり、離れ離れになったが、互いに年頃になったとき、親戚の勧めもあって市兵衛が婿に入った。

とくに京扇子は、武士にも芸事を生業《なりわい》とする者にも人気がある。商いは順調夫婦仲もよい。

「だから、死ぬ理由なんざどこにも見当たらねえんだよ。それで、お内儀はああして騒いでいる。結構な旗本家との付き合いもあるらしくてな。お奉行から、きっちり調べるようにいわれたんだよ」

韮崎は、ちょっとため息を吐《つ》いた。

「どうなのでしょう？　うちの人は？」

おたつが心配げな顔で重三郎を見る。

重三郎は、残念そうに首を横に振った。

「おそらく、あと三日ほど」

すると、おたつが重三郎へ訴えるような声を出した。

「先生。まだ心の臓はちゃんと動いているじゃありませんか。うちの人はただ眠っているだけじゃないんですか？　なら眠ったまま心の臓も止まってしまうということですか？」

「まことに辛いことだが、お内儀のいう通りだ。もう手の施《ほどこ》しようがない」

「でも、お薬とか。ああ、そうよ、祈禱《きとう》とか」

「おっ母さん」

長女のおこんがおたつの肩を抱いた。

「お医者さまがお診立てくださったのよ。無理なものは無理なのよ」

おたつが、ああと泣き伏すと、次女と三女が哀《かな》しみにくれた眼を交わし、互いの手を握り合った。

「ひとついうておくがこれは首縊りではない」

重三郎が皆を見回した。廊下に出ていた韮崎も颯太も振り向いた。

は？　と泣き伏していたおたつが顔を上げる。

重三郎は、昏々《こんこん》と眠り続ける市兵衛の顎を指先で上げた。赤くくっきりと縄が食い込んだ痕がついている。

「これでは息は止まらぬ」

「じゃあ、うちの人はなんで――」

おたつが重三郎をすがるように見る。

「韮崎さま、その納戸の中はもうご覧になっておりますか？」

重三郎が訊《き》くと、もちろんだと韮崎が応えた。

「棚柱と棚柱に縄が渡してあった。が、それ以外に怪しいものはなにもなかったな」

ふむ、と重三郎は頷いた。

「内儀。少し前に主がどこから落ちたとか、転んだということはなかったかね」

「いえ、あたしは知りませんけれど」

おたつが眉間《みけん》に皺《しわ》を寄せると、末娘のおとよが、「おっ母さん」と声を上げた。

「あったじゃない。軒下に鳥の巣があるからって、お父っつぁん梯子《はしご》を掛けて」

ああ、とおたつが身を乗り出した。

「そのとき、足を滑らせて地面に」

「頭は打ちつけてないか？」

重三郎は得心したような顔をして、内儀のおたつを凝視する。そういえば、と少し間を空けてから話し出した。

「尻餅をついてから、庭石に頭の後ろをぶつけたと笑っておりました。それがなにか」

これは、殺められたのでも、むろん首縊りでもない。不幸な出来事だと、重三郎はいった。

三

市兵衛が倒れた原因は、頭の後ろを強打したことだ。おそらく、頭の中に血が溜《た》まってしまったのだろう、と重三郎はいった。

「頭に血が溜まるなんてことがあるんですか?」

おたつが怖々訊いてきた。

「だって、その日も、翌日も、そう今朝までなにも様子が変わらなかったんですよ。いつもどおりで」

頭の中には、脳といわれるものがあり、そこにも血の管が通っている、と重三郎は己の頭を指先で突いた。庭石に頭を打ちつけた時、その管が傷つき、脳内に血が溜まっていく。それが徐々であるため、すぐに身体《からだ》に変調をきたさない。しばらく経ってから、命を落とす者を幾人か診てきた、と告げた。

「きっとすさまじい頭痛に襲われたと思うがな。しかも、市兵衛さんは意識を失った際、運悪く縄に首が掛かってしまったのだろう」

重三郎の話を聞き終えると、韮崎と一太は役所へ報告に行くといって、真砂屋を後にした。

真砂屋は、大騒ぎになった。

ただ眠り続ける市兵衛の枕元で、おたつと、三人の娘たちがいい争いを始めたのだ。口火をきったのは、長女のおこんだった。形見分けをいい出したのだ。

納戸の中にある書画、骨董《こっとう》の類《たぐい》と、根岸にある寮（別荘）、それと数軒の貸家だ。

姉妹三人で仲良く分けていいだろうという。

「形見分けって、お父っつぁんはまだ生きているのに、姉さん、何をいっているの？」

おしなが詰《なじ》るようにいった。

「そうよ、おしな姉さんのいう通りよ。こうしてお父っつぁんはまだ息をしているのよ」

三女のおとよが強い口調でいうとおこんが、ふっと笑った。

「おとよ、あんたは関係ないの。あたしはね、お父っつぁんの形見がほしいっていっているだけよ。それがどうしていけないことなの？」

おこんは自分の父親へ視線を落とした。

「だから、亡くなってもいないのにそんな話はするものじゃないっていっているの」

「あら、おしな。なら、あたしは貸家の権利と寮をもらってもいいかしら？　ほしい物は先にいっておかないと。あの寮は、根岸にあるでしょ。思い出すわねぇ。小さい頃のこと」

おこんは何かに思いを馳《は》せるような口振りになった。

「春になると、みんなで、うぐいすの初音を聞きによく出掛けたこと、覚えている？」

おしなとおとよが頷いた。

「懐かしいわよねぇ。だから、あたし、なにより寮がほしいのよ。お父っつぁんを偲《しの》べるから」

おこんが指で目尻を拭った。

するとおしなが薄ら笑いを浮かべる。

「嘘。あの寮、もうぼろぼろで、雨漏りもするから、もう行きたくないと最初にいったのは、姉さんじゃないの。本当は、違うんでしょ。少し前にあの寮を譲ってくれって、なんとかって文人がお父っつぁんに頼んでいたの、耳にしたんでしょ。それとも、お父っつぁんから直《じか》に聞かされたのかしら」

おこんは、かっと顔に血を上らせた。目尻に涙などまったくない。

「なによ、おしな。なら、あんた、形見分けはなくていいの？　みんな、おっ母さんとおとよ夫婦の物になっちまうのよ」

「なら、あたしは雛《ひな》人形がいいわ。あれは、京の本店から贈られたものでしょう？　金細工《きんざいく》もお道具の漆器、人形の衣裳《いしょう》は西陣《にしじん》だし」

「それをはなから狙ってたのね、あんた」

おこんがおしなに飛びかかりそうになったとき、

「あれは駄目よ。うちの雛人形よ。それに寮だって売らないと、あの人はいってたから、あんたたちの好きにはさせないわよ。この身代は、おっ母さんとお父っつぁんで作り上げたものだから」

母親が厳しい声を出した。

「形見分けっていうのは、お父っつぁんが大事にしてた物を皆で分けるのよ。煙草入《たばこい》れとか、着物とか。それで十分でしょう」

「だいたい、急に逝《い》っちまうお父っつぁんがいけないのよ。誰には何を残すとか、いい歳になったらちゃんとしていてくれないと」

「いつ死ぬかなんてわからないでしょ？　死ぬ前に、そんなこと訊けるはずないじゃない。おこん姉さんは欲張り過ぎよ」

「それじゃ、出て行ったあたしたちは、嫁行き損になるのよ、おしな。嫌になっちゃうじゃない、それじゃさ」

おこんがしらじらしくいった。

嫁行き損なんて言葉があるのかどうかも疑わしい。こりゃ参ったな、と颯太は廊下に座って成り行きを見守っていた。なまじ身代のある家だと、こういう争いはよく眼にする。しかし、まだ息をしている父親の枕辺で、あれがほしい、これがほしいとわめくのは初めて見た。

生きている者の欲ははかりしれない。

重三郎は重三郎で、苦虫を噛《か》み潰したような顔で、母娘のいい争う姿から眼をそらし、市兵衛の脈をとっていた。母親も交じっての言い争いは、ついに、互いの連れ合いに向けた罵り合いになり、おたつはおたつで、あたしが死ぬまであんたたちにはびた銭一文やるものかと、いきり立った。耳を塞《ふさ》ぎたくなるような罵声《ばせい》が飛び交う。この騒ぎで市兵衛が目覚めてくれれば収まるだろうが、そうはいきそうもない。

「重三郎さん、まだいらっしゃるんですか？　あっしはもう行きますよ」

　颯太が立ち上がったときだ。

「いい加減にして」

　末娘のおとよの激しい声が飛んだ。

「おっ母さんまで一緒になって、みっともないったらないわ。おこん姉さんも、おしな姉さんも、好きな男を作って、お父っつぁんと大げんかして出て行ったんじゃない。この店と、お父っつぁん、おっ母さんをあたしひとりに押し付けて」

「それは違うわよ、おとよ。あんたに困ったことが起きたら、あたしたちはいつでもあんたのために飛んで来るもの。今日だって、そうじゃない、ねえ」

　おこんは慌てて、おしなに頷き掛ける。

「そうよ、あんたひとりに押し付けたわけじゃないわよ。祝言も楽しみにしているのよ」

　おしなも、おとよをなだめるようにいった。

　けれど、おとよは収まらなかった、身を震わせ、おたつ、おこん、おしなを順に睨《にら》みつけた。

「冗談じゃないわ。祝言が楽しみですって？　金物屋の次男坊はお堅いいい男だって、よくいったものね、あんな醜男《ぶおとこ》のどこがいいのよ。あたしは、手代の幸吉《こうきち》に惚れていたのよ！　おっ母さんだって、知っていたくせに、お父っつぁんと一緒になって幸吉を京の本店に戻しちゃったじゃない」

ちょっと、とおこんとおしなが顔を見合わせた。

いくら泣いたかしれやしない、とおとよは怒りと哀しみをごちゃ交ぜにして叫んだ。

「ねえ、おとよ。あたしたちは知らなかったわよ。あんたが幸吉に惚《ほ》れていたなんて。ねえ、そうよね、おこん姉さん」

「ええ、本当よ。それを知っていたら、あたしたちあんたの味方になってあげたわよ」

おこんは、肩で息する妹を落ち着かせようと、穏やかな声音を出した。

「嘘つき。勝手なこといわないでよ」

おとよが姉ふたりを睨《ね》めつける。と、そのとき、

「おう。脈が強く触れているぞ」

重三郎がいった。

四人が、ぎょっとした顔をして、市兵衛を取り囲むようにして見る。

「意識はないが、お前さん方の声は聞こえているのだろうなぁ」

おこんが、まさかと呟いた。

「人はな、最期の最期に残るのは聴くことだそうだ。つまり耳だ。自分が育てた娘たちの声がわからぬはずはなかろう。ともに暮らした内儀の声が聞こえぬはずはなかろう。今生《こんじょう》、最期に耳に届いたのが母娘《おやこ》のいい争いだとは。口が利けぬと寂しかろうな」

重三郎は、市兵衛の手首から指を離した。

「もう余計な薬も祈禱もいらぬ。せめて静かに逝かせてやれ」

娘三人と母親は顔を見合わせ、沈黙した。重三郎が腰を上げると、おたつが心細げな声を出した。

「先生はいてくださらないのですか？」

「私は、奉行所から頼まれただけだ。出入りの医者を呼べばいい。ただ、もう幾日もねえ。最期は家族で看取ってやるのだな。逝く者にとっても、それが幸せだ。貧乏も金持ちもねえ。逝く姿は、その者がこれまで生きてきた証でもあるのだからな」

颯太どの、私も戻ると、重三郎は振り向きもせずに座敷を出た。

表通りに出た颯太は、二歩、三歩と歩いてから通りを掃《は》いていた真砂屋の小僧に話しかけ、すぐに重三郎の隣に並んだ。

ふたりは、しばらく無言で歩いた。

柳原《やなぎわら》土手近くまで来て、颯太はようやく口を開いた。

「あの騒ぎのとき、市兵衛さんの脈が触れたのは、まことですかい？」

「でたらめだ。次第に弱くなっていた。三日持つかどうかだ。だが、あまりに、うるさかったのでな。ちょっと脅かしてやろうと思ったのだ」

「そりゃ、お人が悪い」

「それくらいいわぬと、あの母娘は止まらなかったぞ」

「そうですがね。けど、考えてみりゃ、生者ってのは欲だらけだ。金持ちになりたい、いい物が食いたい。そのうえ、死んでからも、できればいい浄土へ行きたいと、昔っから考えていましたからね。あの世でも幸せに暮らしてえものだから寺も造ったし、寄進も布施もした。そいつはいまも変わらねえ」

「まあ、そう願う気持ちもわからぬではないがな」

重三郎が小難しい顔をした。

「おれは、舟で帰りますけど、重三郎さんはどうかいたしますか？」

「どうせなら飯を食わせてくれ。いきなり呼び出されたんだ」

「おれが呼び出したわけじゃねえですよ。それならお奉行さまに飯代を頂戴しにいきましょうかね」

重三郎は、軽く笑った。

「颯さんは、あの世を信じてはおらぬのだろう？」

「おれは、ねえと思ってますよ。ただ、施餓鬼《せがき》も回向《えこう》も法要も皆、生者はあるかどうかもわからねえあの世と繋《つな》がっていたい。功徳《くどく》を積んで、先祖の供養もしっかりやって、心の拠《よ》り処《どころ》を作りてえのだと思いますよ。誰だって死ぬのは怖い。けど嫌でもその日はやって来ます。だからこそあの世を作りてえ。行きてえと思える場所にしてえんでしょう」

それが悪いことだとは思いませんが、と颯太は明るい空を仰いだ。鳥が一羽、すっと横切った。

「珍しいことをおっしゃいましたね、颯太さん」

背後から声を掛けられ振り返ると、道俊がいた。風呂敷包みを背負っている。

「おいおい、珍しいってのはひどくないか」

道俊は柔らかな笑みを向けてきた。

「人は誰しも不安ですからね。ご先祖さまの供養をなさるのも、颯太さんのいう通りです。ご自身の果てを考えていらっしゃる。死を恐怖と捉えるよりも、あの世と現世が続いていると思うほうが、楽にいられます」

そういわれると、そんな気がするな、と重三郎が真面目な顔をした。

ただ、と颯太はいつも思うのだ。あの世で暮らす自分を思うより、逝った者を忘れないでいてやることだと。それが、病死であろうと、惨《むご》たらしい死であろうと、記憶に留めてやることが、亡者を生かすことになるのだと。

「ところで、颯太さん、葬具を受け取りに行くの忘れましたでしょう? 丁度、その長屋の近くで三回忌の法要があって、住人とばったり会いましてね」

「それで代わりに持ってきてくれたのか。そりゃ、お坊さまに済まねえことをしちまった」

颯太は道俊が背負っていた荷を下ろし、自分が担いだ。

「まあ、構いませんよ。ほとんど私の商売道具ですから」

重三郎が「商売道具とはよかったなぁ」と、笑った。

「今日の飴はにっき飴か。香りがきついな」

「おちえさんも好きなので、もうひと袋買ってきましたよ」

道俊は喉を痛めないよう、常に飴玉をしゃぶっている。

「坊主が飴玉を舐《な》めながら歩くのは、いいのかえ？」

重三郎がからかうと、

「これも、仏さまのためですから」

道俊は手を合わせた。

四

神田川を舟で行く。柳原土手は古手屋が並び、棹《さお》につるされた色とりどりの古着が夏間近の風にはためいていた。道俊がふと口にした。

「寛次郎さんのことですが」

颯太が振り向くと、

「おたまという女子のこと、颯太さんはご存じですか？」

道俊がいった。

「ああ、寛次郎を一番世話してくれたという親戚の家の女中だったな」

「その、おたまが亡くなりました」

「いつ？」

「昨日のことです。じつはにっき飴を売っている店の台所に数年前からいたようですが、患って半年前にやめ、昨夜遅くに息を引き取ったと」

颯太は、息を吐いた。

「寛次郎さんに報せるべきでしょうか」

「弔いは？」

「亭主にも死なれて、子もなかったようです。もう長屋の差配《さはい》と町役人とで仕切られて、通夜が今夜あるそうですが。まさか、颯太さん、弔いを？」

颯太は首を振り、あっさりいった。

「弔い賃がろくに出ねえものはやらねえよ」

重三郎が腕組みをして、息を吐いた。

「寛次郎と今日話したのだが、あいつは、ふた親を亡くしながらも、なにも感じるところがないといっておったな」

道俊がすっと伸びた眉をしかめる。

「それもまた辛いでしょうね。その分、おたまのことをよく覚えていたのでしょう。おたまは、まだ三十二だったそうですよ。幼かった寛次郎にはきっと相当な大年増に見えていたのでしょうが、寛次郎の面倒を見ていた頃はまだ、二十五ぐらいだったのかもしれませんね」

「やはり、寛次郎にいうべきではないのか、颯太どの。おたまという者に、恩義を感じておるなら、知るべきであろう」

「身内と他人ではその死の捉え方は違いましょうが」

物いわぬ骸《むくろ》が、寛次郎になにを語ってくれるか、それは颯太にもわからない。寛次郎の心の中で、おたまを生かせてやれるなら、それもいいのかもしれない。

揺れる柳の枝を見ながら、寛次郎との出逢いを思い出す。一年前のことだ。道俊とふたり、柳原通りを歩いていた。弔いの相談が思いの外長引き、夜になっていた。

柳原土手は、昼間は古手屋が並び賑やかだが、陽が落ちると様相は一変し、夜鷹と呼ばれる女たちが春をひさぐ場所になる。

ふと、遠くから男の呻《うめ》く声が聞こえてきた。苦しげな声にまぎれ「助けてくれ」と聞こえた。颯太は道俊と走り出す。暗がりの中に男がふたりいた。ひとりは地べたに這《は》いつくばり、もうひとりがその腹を蹴り上げていた。「やめろ」と颯太が声を張り上げると、足蹴にしていた男が振り返った。それが寛次郎だった。

道俊が倒れている中年男を抱えた。目蓋《まぶた》が腫れ、鼻血で顔が血だらけだ。息も絶え絶えに「助けて」と呟いた。

「これ以上手を出すな。死んじまうぞ」と、颯太がいうと、寛次郎は肩で息を吐きながら、薄ら笑いを浮かべた。

「構うもんか。こいつは夜鷹から銭を奪ったんだ。身を削って生きてる女にとっちゃ、銭は命を守る大ぇ事《でえじ》なものだ。それを奪うのは夜鷹を殺すのと同じじゃねえか。こいつは人殺しなんだよ」

寛次郎はそういったのだ。本人は気づいていないだろうが、寛次郎には生きるもどかしさや、諦観を感じつつも、生にしがみつく人への愛着があると感じた。

こいつはモノになると、颯太はその時、思った。だから寛次郎をとむらい屋に誘った。人など砂粒のようだと颯太は思う。風に吹かれ、さらさらと砂山が消えてなくなるように、その存在は消えてなくなる。

それでも、颯太の中には、生きている者が多くいる。自分が死ねば、その者が生きていたことも、忘れられてしまう。けれど、あの世で暮らしていると考えるより、ずっと、傍らにいるような気がするのだ。

新鳥越町二丁目の店に戻って、すぐに颯太は、寛次郎におたまのことを告げた。眼を見開いた寛次郎は、弾けるように駆け出していった。

三日後、真砂屋の市兵衛が死んだ。重三郎の診立ては間違っていなかった。大きな寺院で、坊主が居並び、読経が上げられた。会葬者もかなりの数だったということだ。

同じ日に、颯太は十三歳の男児の弔いを出した。

重三郎が診ていた男児で、幼い頃から病がちだったらしい。少しずつ命の火が小さくなり、静かに息を引き取ったという。

家族に看取られ、その死に顔は穏やかなものだった。

覚悟はしていても、ふた親は放心したように野辺の送りを歩いた。

経文《きょうもん》を記《しる》した幡《はた》がなびき、灯《あか》りをともした提灯は死出《しで》の道を照らす。

鈴の音が、仲夏の風に流れていく。

寛次郎が眼を真っ赤にしていた。

颯太は、横で「とむらい屋が泣くな」とたしなめたが、寛次郎の瞳から大粒の涙がしたたり落ちた。

「すいやせん。すいやせん」

寛次郎が目許をぬぐって前を向く。

おたまの亡骸《なきがら》は、病で痩《や》せこけていたという。寛次郎の知っているふくよかで威勢のいいおたまの姿はどこにもなかった。

誰も身内のいない弔いで、寛次郎を含め皆が泣いていたという。

「沢山の人に慕われていたんだと思いました。巧先生が、喪失感っていったんです。なにかを失くした感じ。けど、おれ、失くしたっていうより、忘れちゃいけねえって思ったんです。この人のこと覚えていてえと。たぶん、あのふた親は、おれなんかより、失ったものはでかいけど、忘れないと強く思ってるんじゃねえかと考えたら、なんだか妙に泣けてきて」

おちえが、寛次郎に懐紙を差し出した。

市兵衛の弔いでは、そう思う者があっただろうか。

女房でも三人の娘でも、そのうちのひとりでもいい。市兵衛を忘れずにいたいと思い、涙した者はいただろうか。

葬列に加わっていた重三郎が、颯太に近づいてきて訊ねた。

「真砂屋の小僧となにを話したのか気になっていたんだが」

「あれですか。なんの鳥の巣だったのか訊いたのですよ」

「ほう」

「うぐいす、でした。もう孵化《ふか》したあとだったそうで、卵の殻が三つあっただけで、巣は空っぽだったと」

　おちえが、小声でいった。

「重三郎さま。うぐいすは、弔いの符牒《ふちょう》なんです」

　重三郎が眉根を寄せ、首を傾げた。

「うぐいすといえば？」

「春か、梅だな」

　おちえがちょっとだけ微笑んだ。

「梅にうぐいすです。つまり、梅で鳴くをもじって、埋めて、泣く」

「なるほどな。それで弔いか」

　重三郎は感心したように頷いた。

　不意に、颯太は市兵衛の顔を思い出した。

　三つの殻に空っぽの巣――。

　それを見たとき、もしかしたら市兵衛はすでになにかを感じとっていたのかもしれない。それが、市兵衛にとって、満足な光景だったとしたら、思い残すことはなにもなかったのだと颯太は信じたかった。

第六章　火屋の華

一

丑三《うしみ》つ時の闇を裂くように半鐘《はんしょう》が鳴り響いた。擂《す》り半鐘だ。火元が近い。北か——。

颯太は夜具から飛び出し、二階で眠っているおちえを大声で呼んだ。

「起きてるか？　火事だ！」

梯子段《はしごだん》を転げ落ちるほどの勢いでおちえは階下に下りて来た。

「颯太さん、火元はお寺みたい。窓から火が見えたの」

「荷物をまとめろ、ともかく逃げるぞ」

おちえが風呂敷を広げて、帳面やら銭函《ぜにばこ》やらを手早く包み込んだ。

「あ、小袖と帯」

「金で買える物は置いていけ。まるきり燃えちまうわけでもない」

颯太もまとめた荷物を背負った。

おちえが再び梯子段を上がろうとするのを、颯太は襟首を引いて止めた。

「なにすんのよ、颯太さん」

表が騒がしくなってきた。皆、家から出てきたのだ。あっちへ逃げろ、こっちの方がいい、と大声が聞こえる。夜中の火事はとくに恐怖を増幅させる。皮肉にも灯《あか》りは、火事場から上がる火炎だからだ。

「だって、おっ母《か》さんの形見はお金では買えないもの」

「しょうがねえ。それだけだぞ」

「でも、お気に入りのもあるから」

おちえがいった。

「おっ母さんの形見だけだ。それ以外は持ってくるんじゃねえぞ。燃えちまったら、買ってやる」

「ほんと？」

おちえが眼をまん丸くした。

「ああ、命がなきゃ、お気に入りも着れねえだろうが。さっさと、取って来い」

「約束よ。必ず買ってね」

おちえは本気の顔でいうと、暗い梯子段を上って行った。

すぐに戻ったおちえは、

「道俊さんの道具は？」

と、訊《たず》ねてきた。普段はとむらい屋で寝泊りしている道俊だが、今夜は浅草寺の支院にいる兄弟子の許へ行っている。こういう大事な時に、と颯太は舌打ちする。

「いま使っている木魚《もくぎょ》が一番いい音だっていってたの」

「重てぇがしょうがねえなぁ。坊主に恨まれるのも寝覚めが悪い。こいつも持って行くか」

颯太は手早く風呂敷を広げて、木魚とばちを包んだ。

ふたりが表に出ると、狭い通りは逃げる人でごった返していた。幸い風がなかった。

「火元は瑞泉寺《ずいせんじ》みてえだ」

逃げながら誰かが叫んだ。

「付け火だっていうぜ」

「盗人《ぬすっと》が寺に押し入ったんだ。そいつらも逃げて、こん中にまぎれているかもしれねえ」

皆、恐怖に襲われているせいか、大声でわめきながら逃げている。しかし、なにが正しいかはわからない。飛び交う言葉を鵜呑《うの》みにするのは危険だ。江戸はともかく火事が多い。小火《ぼや》から町ごと丸焼けにする大火まで、一年の間にいくつあるか。数えるのも嫌ンなる。江戸で暮らしていると、一度や二度は焼け出される。

そのために幕府は瓦屋根を推奨したり、延焼を防ぐために火除け地を設けたり、夜は煮炊きをしないなどの決まり事を作っているが、それでも、起きるときは起きる。

家や家財、そして命までも焼き尽くす火事を皆、恐れている。だから江戸の人間はどこか刹那《せつな》的だ。贅沢《ぜいたく》品を買ったところで、豪勢な屋敷を建てたところで、灰になっちまえば一から出直し。そんなところに銭を使うより、着る物、食い物に当てたほうがましなのだ。

颪はないが、このところお湿りがなく、からっからの時季は一層、火の回りが早い。

「颯太さん、あれ」

颯太が振り返ると、寺の木がたいまつのように燃えていた。

ぱちぱちと木の爆《は》ぜる音が聞こえてくる。

大八車に家財を積んでいるのは、商家か。逃げ惑う人々に押され、行き場を失う。

「火消しが通れねえ、車なんぞ出すんじゃねえ」

怒声が飛ぶ。

火はますます勢いを増して、いまにも襲いかかってきそうだ。赤い舌をちろちろ伸ばして、寺の屋根を舐《な》めていた。

颯太の脳裏にある光景が浮かぶ。ふと、自分の指先に痛みを感じた。

「颯太さん、どうしたの、ぼんやりして。早く逃げなきゃ」

「あ、ああ」

「みんな、新鳥越橋《しんとりごえばし》を渡って逃げているから、一緒に行きましょう」

「そうだな」

「店が燃えなきゃいいけど」

おちえが不安な顔をした。

「大丈夫さ」

火消したちが纏《まとい》を先頭にして、人波を逆に走って行く。

「大丈夫だよ」

颯太は自分に言い聞かせるようにもう一度呟《つぶや》いた。

二

なぜこんな処《ところ》になんかに入れられたんだろう、と惣吉《そうきち》は思った。どうせなら、おいらひとりだけをいつものように折檻《せっかん》すれば済むことなのに。

真っ暗な土蔵《どぞう》の中はカビ臭かった。

外は静かだ。何刻かもわからない。惣吉は膝を抱え、顔を埋《うず》めた。

「やっぱり鍵がかかってる」

おみつの諦め声がした。

「あたりまえじゃない。惣吉ちゃん、大丈夫？　お腹空いてない？」

おもんの手が肩に触れた。

惣吉は、抱えた膝の間から顔を上げた。

「おもん姐《ねえ》さん、ごめんよ。おいらが余計なことさえしなけりゃ、こんなことにならなかったんだ。姐さんたちまで、とばっちりをくっちまって」

おもんが首を振ったように空気が動いた。土蔵の中は暗くて、ようやく人の顔の輪《りん》郭《かく》がわかる程度だ。

「誰も、惣吉ちゃんを恨んじゃいないよ。だってあたしたちを聖天《しょうでん》さまに連れて行ってくれただけじゃないか」

おとせの声だ。

昨日、おとせとおもん、おみつの三人を連れて、山谷堀《さんやぼり》近くの待乳山《まっちやま》聖天に行ったのだ。

三人の姐さんたちが、江戸を見たいといった。だから、惣吉は、主人の眼を盗んで町が見渡せる聖天さまに連れて行った。

山というほどではないけれど、丘の上にお社《やしろ》が建っていて、とても見晴らしがいいことを知っていたからだ。

「いい景色だったよねぇ。あたし、江戸に連れて来られて、初めて町を見渡す事ができたもの」

公方《くぼう》さまがいるお城に富士のお山、大川に架かる橋。賑《にぎ》やかな日本橋。

「上から見ると江戸の町もきれいだなって思った。地面を這《は》いつくばって生きていると汚いものしか見えなかったもの」

おとせは、すごく遠い処から売られて江戸に来たのだ。

おもんもおみつも同じようなものだった。

「だから、余計なことなんていわないで。あんなに楽しかったんだもの。そんなこといわれたら、哀しくなっちまうじゃない」

おとせの言葉に惣吉は頷《うなず》いた。

けれど、それが主人夫婦に知れて、土蔵に入れられてしまった。だから、やっぱりおいらが悪い、と惣吉はいった。

「そんなことないよ」

おもんの声が優しく響いた。

「ねえ、なんだかきな臭くない？」

「まさか。土蔵の中に燃えるものなんてないわよ。ちょっと寒いから、温まりたいくらいだけど」

「冗談はなしよ」

おみつとおもんが、どこか心配げに話をし始めた。

「なんだか表が騒がしくない？　扉に耳を当ててみようかしら」

おみつが土蔵の扉に耳を当てるまでもなく、騒々しい声が惣吉の耳に届いていた。なにをいっているのかまではわからない。

「火事、じゃないわよね」

おみつの言葉に、皆が震え上がったような気配がした。

「ねえ、聞こえる？　半鐘の音」

おとせがいった。

「こんな処に入れられたままじゃ、逃げることも出来ないじゃない」

おみつが叫んだ。

「でも土蔵って燃えないんでしょ？」

「だけど、窓があるから、煙が入ってくるかもしれない」

おとせがいうと、「あたし見てくる」とおみつが、手探りで梯子を探し、中二階へ上った。

わずかに差し込む明かりが惣吉にも見えた。

蔵窓は開いていた。おみつは窓にはめられている鉄の格子を揺らした。ここから飛び降りられるかもしれないという淡い期待はすぐに落胆に変わった。びくともしない。ならば、煙を入れないようにしなければならない。

おみつは悔しさに歯嚙《はが》みし、唸《うな》りながら、引き戸の蔵窓をぴたりと閉めた。さらに土蔵の中が暗くなったような気がした。

おもんが力任せに扉を叩き始めた。

「誰かいないの？　ここを開けて！」

「おもんちゃん。大丈夫よ。旦那さんとお内儀《かみ》さんだってあたしたちがいないことに気づいてくれるわよ。きっと鍵を開けに来るから」

「そんなの、わからないわよ。あたしたちをここに閉じ込めたことだって、忘れているかもしれない」

おもんがおとせに食ってかかる。

「やっぱりおいらが」

「惣吉ちゃんのせいじゃないから」と、おもんがそれ以上はいうなと険しい声を出した。惣吉は肩を竦《すく》める。

「おとせ姐さん、煙が入ってきた」

おみつの声が震える。

火元が近いのか遠いのかさえわからなかった。擂り半鐘だったら、火元は町内だ。そうでなかったような気がしたが、それも土蔵の中では、よく聞き分けられなかった。

「惣吉ちゃん、これで口元を覆《おお》って」

おとせから手拭《てぬぐ》いを渡された。

「おとせ姐さんが使えよ。おいらは男だから平気だよ」

「男も女もないわよ」

おとせが笑った。

「姐さん、ここに穴が開いてる」

おみつが叫んだ。土蔵の角だった。少しだけぼんやりと光が射しこんでいる。

おもんがおみつに駆け寄る。

「本当だ。鼠が齧《かじ》ったのかしら。でも小さすぎてここから出るのは無理ね」

おもんがそういったとき、おとせがいきなり立ち上がった。

「なんでもいいから金物を探して。壁を崩すのよ。皆でやればなんとかなるかもしれない」

「そうよ。こんな処で、蒸し焼きにされるのは、あたしも真っ平」

おみつが冗談めかしていう。

三人の娘に幾分安堵《あんど》の気持ちが広がったのか、声に張りが出ていた。

「おいらも手伝うよ」

「頼むわよ、男の子なんだものね」

おとせにいわれて、惣吉は俯《うつむ》いた。

四人は土蔵の中にあった天秤棒《てんびんぼう》や斧《おの》、鉈《なた》を探し、それぞれが手にして、壁を崩しにかかった。

　土蔵の壁は一尺（約三十センチメートル）くらいの厚さだ。なかなか崩れない。縦横に組んだ竹を棕櫚《しゅろ》縄で縛り、土壁を塗る。それを繰り返し、最後に漆喰で白壁に仕上げる。

　ごほごほと、おみつが咳《せき》をした。

「駄目よ、おみっちゃん、煙は吸わないで」

「でも息がもう苦しくてたまんない」

「おみっちゃん、上の蔵窓から助けを呼んだらどうかしら？」

　おとせがいうと、おみつはすぐさま中二階へと再び上がる。閉じた引き戸をもう一度開けて、外へ向かって叫んだ。

　その声を聞きながら、あと少し、あと少し、残った三人は声を合わせながら、壁を叩き、壊すのに懸命になった。

　ぽろぽろと少しずつ土壁が落ち始める。

「この竹さえ折れれば。ふたりとも離れて」と、おとせが鉈を思い切り振るった。幾度も幾度も。おとせの息が次第に荒くなる。額には汗が滲む。幾度目だっただろうか、ズズッと鈍い音がして、土壁が落ち始めた。それを機に、みるみる壁が崩れる。おとせは鉈を手放し、指で土を搔《か》き出す。光の筋が太くなった。おとせがうつ伏せになる。

「ああ、外が見える。見えるわよ」

おとせとおもんは、なにかに取り憑《つ》かれたように、指先を立てて、こぼれ落ちてくる砂や藁《わら》を取り除いていく。これが皆が助かる唯一の光なのだ。そんな思いが惣吉にも伝わってくる。

おみつがおとせの声を聞いて急ぎ降りて来て壁を壊すのに加わった。半刻《はんとき》ほども続いただろうか、いや、もっとか。一尺には満たないくらいの穴がようやく開いた。だが、代わりに蔵の中には煙が這ってきた。

おみつは咳《せ》き込みながら笑みを浮かべ、おもんもぐったりしながら柔らかな眼を惣吉へ向けた。おとせがほっとしたようにいった。暗かった蔵の中がわずかに明るくなっている。

「惣吉ちゃん、あんたなら通り抜けられそう」

「え?」と、惣吉は眼をしばたたく。

「ここを抜けて外へ出るのよ」

「駄目だ。姐さんたちも一緒じゃなきゃ、おいらも出ねえ」

「聞き分けのないことをいわないの。あたしたちはもうへとへと。ね、おもんちゃん、おみっちゃん」

　おとせがふたりに話し掛ける。

「うん、おとせ姐さんのいうとおり。もうあたしたち疲れちまった。惣吉ちゃんだけ先にお逃げ」

「そんなことできるもんかい！　なんでおいらが姐さんたちを置いていけるんだよ」

　おとせが惣吉の頬に触れた。

　ぬるりとした感触があった。血だ。壁を指先で崩したせいだ。

「平気平気。少し休んだら、またみんなで穴を広げるから。この中では、おみっちゃんが一番太ってるから、もう少し大きくしないと」

「おとせ姐さん、ひどいわよ」

　おみつがだるそうな声でいった。ずいぶん息が苦しそうだった。

「だから、先に出て。そうしたら誰でもいいから大人を呼んで来て。それで、惣吉ちゃんは逃げなさい。振り向いては駄目。もうここに戻ってきたら、いけない」

　おとせが惣吉の両手を包み込んだ。

「駄目だ。姐さんたちも逃げよう」

　そういい募る惣吉におとせがちょっとだけ洟《はな》をすすり上げていった。

「でも、いいのよ。あたしたちはここで暮らしていかなけりゃいけないの。わかるでしょ？　帰る処なんかありはしないんだから」

そんなことは惣吉だってわかっている。ここは女郎屋だ。大人の男が遊びに来る場所だ。姐さんたちの仕事は男の相手をすることだ。

親に売られてきたり、家族のために自ら身を売ってきた姐さんもいる。

「でも、惣吉ちゃんは違うでしょ」

「同じだ。おいらだって捨て子だったんだ」

惣吉は父親の顔を知らない。かろうじて覚えているのは母親の顔だった。けれど、五つのとき、この山谷堀に架かる新鳥越橋に置き去りにされた。

おっ母さんは、迎えに来るからここで待つようにいったが、何刻たっても戻らなかった。そうしたら、知らない男に急に抱き上げられ、

「おれがおめえのお父っつぁん代わりだ。よろしくな、惣吉」

といった。

おっ母さんはいまの女郎屋の妓だった。足抜けをしたが、結局、男に捨てられて、生まれた惣吉をもてあまし、新鳥越橋に捨て、かつての遊女屋の主人に惣吉を託したのだ。

それがどうしてかはわからない。

遊女屋の主人など、ろくな男じゃない。十になった惣吉にはよくわかっていた。でも惣吉の母親には頼る者が、その主人だけだったのだ。

「おめえのおっ母さんはな、ここから逃げちまった。おれに借りてた銭を踏み倒してな。だから、その借金分、たんと働いてもらわねえとなぁ」

遊女屋の主人は五歳の惣吉にいったのだ。

「だからおいらだって、行くあてなんかねえよ。そうだ。みんなで暮らそう。裏店借《うらだなか》りてさ。おいらなんでもするからよ。しじみ売りでも、どじょう売りでも、おいら働いて、姐さんたちの面倒をみるよ」

おとせが、くすっと笑った。惣吉は笑われたことに腹を立てた。

「おいらじゃ、なんにもできねえっていうのかよ」

おとせは首をゆっくり振って、「ありがとう、嬉《うれ》しいわ」と、いうや急に厳しい顔をして、「なら早く出るのよ、惣吉ちゃん」

惣吉を急《せ》かした。

「ここにいたら、皆、煙に巻かれて死んじまうの」

穏やかなおとせが泣きながら、惣吉の背を押した。おみつもおもんも泣いていた。

黙ったまま涙を流して、皆で惣吉の身体《からだ》を穴に押し込んだ。

「姐さんたち。おいら必ず戻ってくるから。誰か呼んで来るから。待っててくれ」

惣吉は腹を決めて、穴から外へ出た。土蔵の土台が高くて、頭から転げ落ちたが、惣吉は急いで立ち上がると、駆け出した。

振り向いては駄目、おとせの声が甦《よみがえ》った。惣吉は走りながら、少しだけ、首を回した。

誰の手だろう、白い手が惣吉に逃げろというように、穴から伸びていた。

三

おちえが、風呂敷包みを担ぎ直した。

「おちえ、手を出せ」

颯太はおちえの手を強く握った。

「迷子になられちゃ敵《かな》わねえからな」

おちえの手が冷えていた。きっと恐怖のせいだろう。

「迷子だなんて、あたしそんなに子どもじゃないわよ」

多くの人々とともに、新鳥越橋の袂《たもと》近くまで辿《たど》り着いた。

「おい、風が出てきやがったぜ」

誰かがいった。

南に向かって吹き始めていた。これ以上、風が吹き続ければ、新鳥越町一帯が灰になる。火消したちの勇ましい声と轟音《ごうおん》がここまで聞こえてくる。延焼を防ぐために周囲の家屋を壊しているのだろう。

「颯太さん、あれ」

火元になった寺の木が次々に、燃え盛る。

「振り向くんじゃねえ。前だけを見ろ。てめえが逃げる方角だけを見極めてな」

おちえが頷き、颯太の手を強く握り返してきた。

新鳥越橋を渡る手前で、人が溢《あふ》れ、なかなか進めなくなった。橋の手前を左に折れ、東に架かる今戸橋《いまどばし》へ向かう者もいる。黒煙が宙を飛ぶ魔物のように流れてくる。

颯太はおちえの手を引きながら、天水桶《てんすいおけ》に手拭いを浸した。

「これを口と鼻に当てろ、おちえ」

濡《ぬ》れた手拭いを手渡す。

「でも、颯太さんは」

「おれは男だから大丈夫だよ。あまり息を吸わねえようにする。できればおちえもそうするんだ」

うん、とおちえは真剣な面持《おもも》ちで頷いた。

このあたりには、火除け地が設けられていなかった。それでも、山谷堀が火を食い止めるだろう。それに新鳥越町三丁目の裏手は、入会地《いりあいち》となっていて、畑地として利用されていた。そちらに逃げる者もいた。

「おちえ、おれたちは今戸橋へ行くか。そっちのほうが、人の流れも少ない」

「聖天さままで行けば大丈夫かしら」

「あそこに上れば、いい火事見物ができそうだな」

「そんな冗談いってる場合じゃないでしょ」

おちえが怒ったようにいう。

待乳山聖天か、と颯太は呟く。

そのときだった。

後方で悲鳴が上がった。大八車の荷が飛び火で燃え上がったのだ。

それでなくても、逃げることに懸命になっていた人々の恐怖心をさらにあおり、混乱に陥った。熱波が襲ってくる。火が人々の顔を幽鬼《ゆうき》のように映し出す。それまでは整然と歩いていた者が喚《わめ》きながら走り出し、年寄りを押しのける。泣き出したまま動けなくなる女もいた。

まずいな、と颯太は踵《きびす》を返そうとした。

「駄目。颯太さん。取って返したってなにも出来やしないわよ」

おちえは颯太の手を離そうとはしなかった。

「もっと酷くなるだけ。火事の恐ろしさは、皆、知ってるはずよ」

颯太さんだって、そうでしょう？　と、おちえの眼が颯太の胸を突き刺した。

「すまねえ。おちえ」

あちらこちらから子どもの泣き声が聞こえてくる。人々の混乱はますます激しくなり、新鳥越橋に殺到した。渡れない者が怒声を上げ始める。

「花川戸町《はなかわどちょう》の重三郎さんの家で落ち合う」

「どうしてよ、このまま逃げればいいでしょう。無茶なことはやめてよ」

おちえが両手で颯太の手を引く。

「おれは、もう振り向かねえと決めて、とむらい屋をやってきた。それが、おれしか出来ねえことだと思ったからだ」

けどな、おちえ、と颯太はおちえの手に片方の手を重ねた。

「弔いは、死んだ者に出すものだ。ただな、ほんとは死んだ者のためじゃねえ。生者にケリをつけるためだと、おれはいつもいってきた」

おちえが唇を嚙み締める。

「生きてるうちは、生きてる者が助けなきゃ。そうじゃねえか？」

おちえの手が緩《ゆる》んだ。

颯太は、にこりと笑って、おちえの手を離す。

「この荷物もお前に預けていいか？　道俊の木魚が入っているからよ」

おちえは唇を引き結んだまま、頷いた。

「頼むぜ。おれは大丈夫だ。必ず戻る。重三郎さんのところで待っててくれ。それに、この火の回りだと医者が必要になるかもしれねえからな」

と、颯太は一度口を嗽《つぐ》んでから、いった。

「怪我や火傷《やけど》を負う奴も出る。火が収まったら、重三郎さんにもこっちへ来てもらうことになると思う。薬籠《やくろう》をちゃんと用意してくれといっておいてくれ」

颯太は、それからと、おちえを見た。

「今戸橋と新鳥越橋と二手に分かれて逃げるようにいうんだ」

「あたしの声じゃ届かないわよ」

「それでもいいえ。腹から声を出せ」

じゃあな、と颯太は風呂敷包みをおちえに託し、身を翻《ひるがえ》した。

「なんだてめえ、どっちに向かっていやがる」

新鳥越町の通りを火元に向かって走り出す颯太に、ひとりの中年男の罵声《ばせい》が飛んだ。

おちえは颯太にいわれたとおり腹に力を込めた。

「うるさい！　逃げたい人はさっさと逃げるのよ。死にたくないでしょ」

おちえは喉が張り裂けるんじゃないかと思うほどに叫んだ。騒然としていたおちえの周囲が、何事かと一瞬しんとした。

おちえは、再び声を張り上げた。

「今戸橋のほうと、新鳥越橋と二手に分かれて逃げるのよ。だから少し落ち着いて。お願い」

ああ、と感嘆《かんたん》の声が洩《も》れた。

「姉ちゃん、すげえな」

「そうか、なんで気づかなかったんだ」

皆が、口々にいい合う。

「堀を渡れば、火も襲ってこない。余計なこといってないで、左へ行く人、そのまま真っ直ぐ行く人と分かれて。あたしは、とむらい屋よ。自分の弔いを出されたくなかったら、さっさとして」

とむらい屋だってよ、二丁目にある葬具屋か、とおちえのすぐ前に立っていた者が眼をしばたたいた。

おちえの助言もあって、人々は平静を取り戻し、二手に分かれて、先を急いだ。

「姉ちゃん、あんたの亭主は火事場のほうへ戻ったのかい」

おちえの傍らを歩いていた若い職人ふうの男が声をかけてきた。その隣には、赤子を負ぶった女がいた。たぶん女房だろう。

おちえは、一瞬なにをいわれたかわからず、返答に困った。

「さっき逆に駆け出していったお人だよ」

おちえは、はっとして慌てて応えた。

「亭主じゃありません。あたしは奉公人ですから」

「そうかい。あっしらは、ついさっきまであんたたちの後ろにいたんだが、とむらい屋の主人か。優しいお人だな。あんたの手をしっかり握りしめてよ」

おちえは、歩きながら俯いた。なんだか顔が赤くなるのを感じた。

「荷物、大《て》ぇ変だろう？　ひとつ持ってやるよ」

「いいです。大事なものですから」

「盗《と》ったりしねえよ。こんなときはお互いさまだろう？」

若い亭主は少しだけ不機嫌になった。

「ごめんなさい。いいんです。中身は、あの、木魚ですから」

おちえは、唇を結び、荷を抱え直した。

「木魚？　ああ、そりゃどういえばいいのかな。たしかに、とむらい屋には大切なものだものな。けど重いだろう」

「あんた、手伝っておあげよ。この娘さんのおかげで、皆、落ちついたんだもの」

若い亭主は、頷いておちえの包みを手に取った。

「これは、結構重いぜ。どこまで行くんだ」

「花川戸町の知り合いの処まで」

すみませんと、頭を下げたおちえは、振り返って首を伸ばした。

まだ火の手が上がっている。さっきよりも、夜の空を赤く染めているような気がした。

とむらい屋のある二丁目あたりまで、燃え広がっているのだろうか。おちえは不安で胸が潰《つぶ》れるような思いがした。でも、なにより颯太の無事を祈った。

颯太さんの、馬鹿……。

おちえは颯太の過去をすべて知っているわけではない。颯太も話さない。聞かされたのは、初めて出した弔いは、火事に遭った三人の娘だったということだけだ。

あの世なんてないと、颯太はいう。行って戻ってきた者がいないからだ。

人の身体はただの容れ物。死ねば、いらなくなるのだともいう。

冷たい言葉のようにも思えるけれど、おちえは、そこに颯太の哀しみを見る。

おちえは今戸橋を渡り終えた。

一緒に歩いて来た者たちの顔がいくらかほっとしたようにも見える。

無事だとわかると、途端に騒ぎ始める女がいた。あれを持ってくればよかった、あれは値打ちものだったのに、とぶつぶつ文句を垂れていた。

人は本当に浅ましい。

若夫婦は、花川戸の医師の巧重三郎の住まいまで荷を持って、送ってくれた。

おちえが礼をいうと、

「これで、長屋が燃えていなければいいが」

と、亭主が本音を洩らした。

そのとき、女房に負ぶわれていた赤子が泣き声を上げた。だが、弱々しい泣き声だ。

「ちょっと昨日から具合がよくなかったものですから」

女房が申し訳なさそうにいう。

「早くいってくだされぱよかったのに。こちらに住んでいる方はお医者さまです」

若夫婦の顔が一瞬、明るくなったが、亭主の方が首を横に振った。

「お医者さまに診《み》てもらうほどの銭はありませんから。ともかくここで」

「でも、どちらへ」

「あっしの仕事仲間が聖天町にいるんで、とりあえずそこを頼ろうと思って」

おちえは慌てた。

聖天町は、とっくに過ぎている。花川戸町とは逆の方向だ。

「赤ちゃんの具合が悪いのに、あたしのためにここまでついて来てくださったんだもの、薬袋料は任せてください。重三郎先生なら大丈夫。見た目はちょっと怖いけれど、お優しい方ですから」

おちえがいうと、前方から提灯《ちょうちん》が近づいて来た。

「おい、私の顔がどうしたって？　うん？」

野太い声におちえは、振り返った。

提灯がかざされ、

「どこかで聞いた声だと思ったらおちえ坊じゃねえか。火元が新鳥越町の方角だというので、見に行ったのだが、無事だったか？」

重三郎だ。その後ろには道俊もいる。

おちえはふたりの顔を見て泣き出しそうになるのをこらえる。

「で、颯太はどうした？」

重三郎が訊ねてきた。

「あとでお話しします。それより、赤ちゃんを診てあげてください」

ああ、とおちえの剣幕に気圧《けお》され、重三郎は頷いた。

赤子は多少熱があったが、他に心配はないと、重三郎は熱冷ましを処方した。

若夫婦は薬代を必ずといったが、おちえをここまで送り届けてくれただけで十分だといって、重三郎は固辞《こじ》した。

若夫婦は幾度も礼をいって、重三郎の家を後にした。

おちえは、若夫婦が去ってから、疲れがどっと出たのか、うつらうつらし始めた。

夜中に火事で叩き起こされ、足下もおぼつかない夜の道を、人々の混乱の中、逃げて来たのだ。おちえ自身、重三郎の家に着いた安心感と眠気には抗《あらが》えなかった。

「で、颯太さんはどうしたのです？　風が出てきたので、心配になり様子を窺《うかが》いに出て来たのですが」

道俊の声も途切れ途切れにしか聞こえてこない。

「おい、道俊。風呂敷を見たか？　おまえの木魚が入っていたぞ」

ああ、と道俊が吐息した。

「火事騒ぎの中、こんな重い物を」

道俊は感極まったようにいった。

「颯太さんの処は大丈夫でしょうか？　もう煙も白くなっていましたし、大火にはならずに済んだのでしょうが」

うむ、と重三郎が頷いた。

おちえは座りながら、船を漕《こ》ぎ始めたが、颯太の姿がいきなり浮かび、はっと眼を開けた。

「颯太さん！」

「どうした、おちえ坊」

「颯太さんはまだ？　そうだ、重三郎さん、薬籠の用意を頼むって。火傷や怪我を負った人が出るかもしれないからって、颯太さんが」

重三郎は、大丈夫だと傍らに置かれていた薬籠を手で、ぽんと叩いた。

「よかった」

「それより、おちえ坊」

「颯太さんは火事場の方に走っていったの。重三郎さまのところで落ち合う約束をして」

火事場に、と道俊が呟いた。

「生きているうちは、生きてる者が助けなきゃとそういって」

「ったく、とむらい屋のくせに、なにをしているんだ。あいつになにかあったら、弔いを出してやる奴がいなくなるだろうが」

重三郎が腕を組んだ。

おちえが、ことんと横になる。すぐに寝息をたてていた。道俊が薄掛けをおちえの身体に掛ける。

「気が張り詰めていたのでしょう。颯太さんなら、大丈夫です、きっと。もうすぐここに現れますよ」

「そうだな」

空が白々と明け始める頃、早桶《はやおけ》職人の勝蔵、正平、寛次郎がこぞってやって来た。

颯太の姿がないのを知って、寛次郎が青い顔をして飛び出した。

颯太は、白い光の中に佇《たたず》んでいた。あたりの火はすっかり消し止められたが、まだ煙が立ち上っている。顔も衣装も煤《すす》だらけだった。手足にも傷がついている。颯太は自分の指先を見た。乾いた血がこびりついていた。幾人、救えたか――この傷の痛みでわかる。

その中で、火消しや鳶《とび》が焼け焦げた材木と、焼け残った材木を仕分けしていた。その音が新しい朝に空しく響いている。

幸い二丁目は焼けずに残った。

だが、三丁目はすっかり焼け野原だ。

様々な臭いがあたりに充満していた。

「おおいこっちだ。死人だ」

鳶の声だ。

颯太はふらりと歩き出す。

家の下敷きになり折り重なるように、丸焦げの遺骸《いがい》があった。

近くには、別の焼死体が転がっていた。眼窩《がんか》はぽかりとあき、口も開いたままだ。

手足は肘と膝が曲がっている。熱さで肉が縮んで曲がってしまうのだ。炭のように黒くなっていた。

「幾度見ても、焼けた死人はやなもんだ。臭えしよ。おい、そこのお人、知り合いを捜しているのかい？」

若い鳶が鼻を覆いながら颯太に声を掛けてきた。

「いや。おれは、とむらい屋だ」

鳶は眼を見開いた。

「そいつぁいいやな。商売繁盛だぜ。けど、誰が誰だかわからねえんじゃ、弔い料もとれねえか」

「そうだな」

颯太は応えた。鳶が舌打ちをして、嫌な顔をした。

「こっちは命がけでやってるってのによ。おめえらは楽でいいな」

「あっしらも命を扱っている商《あきな》いですよ」

鳶はせせら笑って、颯太から離れた。

颯太は崩れた家屋の下に女児の亡骸《なきがら》を見つけた。衣裳も焼けていないきれいな骸《むくろ》だった。

四

土蔵の穴から抜け出た惣吉は女郎屋の裏庭に出て、裏口の板戸を引いた。しんばり棒がかってある。惣吉は戸を力一杯叩《たた》いた。

「旦那さん、お内儀さん、誰か誰か」

幾度叩こうが返事どころか、人の気配すらなかった。

惣吉は急いで表に回った。

早くしねえと、姐さんたちが——。

通りに出ると人の姿がなかった。薄気味悪いほど、あたりは静まり返っていた。表店は皆大戸が下りていた。もう逃げちまったんだ。旦那もお内儀さんも他の姐さんたちを連れて。

惣吉は茫然《ぼうぜん》として立ち尽くした。

赤い火柱がすぐそこに立っていた。あたりは煙《けむり》で霞《かす》んでいる。ぶるりと背中が震えたが、惣吉は懸命に自分を奮い立たせる。

おいらは、姐さんたちを救うって約束したんだ。

誰もいねえのか。惣吉は腕を口元に当て、煙を吸わないように走り回った。

おい、と大きな声が突然飛んできた。

「小僧、そこでなにしてやがる。風向きが変わったんだ。このあたりの者は皆、逃げちまったぜ。どこのガキだ、親はどうした」

半纏《はんてん》を着て、手には鳶口《とびぐち》を持っている。鳶頭《とびがしら》のようだった。

惣吉は踵を返し、鳶頭の身体に体当たりを食らわすように胸元へ飛び込んだ。

「おっと、なんだよ」

「おじさん、鳶だろ。助けてくれよ。この裏の土蔵ン中に姐さんが三人閉じ込められているんだ。早く鍵を開けてくれよ、頼むよ」

惣吉は半纏の襟を引いて、まくしたてた。

「なに？　土蔵に三人いるって？」

鳶頭は眼を剝《む》いて、惣吉を見た。

「お願いだよ。蔵に煙が入ってきてたんだ」

「小僧、見てわからねえのか？　火の手はそこまで迫ってきているんだ。おめえも早く逃げなきゃ死ぬぞ」

「駄目だ、おいらは助けるっていったんだ。男の約束だ。破れねえよ。おじさん。後生だ」

惣吉はすがるように鳶の半纏を握り締めた。

鳶は大きく舌打ちした。すぐ隣の家屋が崩れた。家が悲鳴をあげる。めらめらと炎が立ち上った。

鳶頭が惣吉の身を庇《かば》うように抱きしめた。

「その土蔵はどこだえ」

鳶頭の分厚い胸板を感じながら、

「この家の裏庭だよ。行ってくれるのかい」

「あたりめえだ。男が約束を破っちゃならねえ。さ、連れて行け」

惣吉は頷いて鳶の手を引いた。

鳶が土蔵の前に立ち、錠前を叩いた。

幾度も幾度も鳶口で叩いたが、鍵は一向に壊れる気配がなかった。

「姐さん、大丈夫かい？　おいらだ。惣吉だ」

鳶頭は額の汗を拭った。火はすぐそこだ。熱風が身体を煽《あお》る。火消しの激しい声がそこここで響いている。煙があたりを覆う。もう眼前も霞んできていた。

「小僧、悪いがこれ以上は無理だ。中からもなんの声もしねえ」

「そんなことねえよ。おいらを逃がすために、皆疲れちまってるだけだよ」

火の粉が風に乗って、飛んでくる。熱い。眼が煙で痛む。

鳶頭は半纏を脱ぎ、惣吉の頭から被せた。

「じゃあ、おいらが出て来た穴を開けてくれよ。こっちだ」

惣吉が鳶頭を促《うなが》したが、愕然《がくぜん》とした。

自分が出て来た穴から、白い手が覗《のぞ》いている。手首がぶらんと下がっていた。指先の血がもう乾いている。惣吉は急いで走り寄る。衣裳の柄が見えた。

「おとせ姐さん！」

その手を摑んだが、なんの反応もない。

「小僧、辛《つれ》えようだが、もう駄目だろう」

鳶頭が首を横に振りながらいった。

「そんなことねえ。姐さんたちは、おいらが助けに来るまで、待っててくれているんだ」

ここをその鳶口で壊してくれと、惣吉は頼んだ。

「わからねえのか。ぴくりとも動かねえじゃねえか。開けた穴から煙が入っちまったんだ」

おいらを逃がすために開けた穴が、姐さんたちの命を奪った……。

惣吉はおとせの指を摑んだまま、その場に膝をつき、穴に向かって声を限りに叫んだ。

「おとせ姐さん、おみつ姐さん、おもん姐さん。返事してくれよ。おいらだよ、惣吉だよ」

返事をしてくれよ……と、惣吉は土を掻きむしるように地面に爪を立てた。

「こんなのってねえよ。おいらだけ助かるなんて嫌だよ」

と、いきなり鳶頭が惣吉の肩をぐいと摑んだ。

「馬鹿いってるんじゃねえ。姐さんたちにもらった命だろうが」

土蔵のある庭木にも火がついた。

「逃げるぞ、ここも駄目だ」

惣吉は動かなかった。

「なら、せめて姐さんたちをここから出してやりてえ」

と、惣吉は鳶頭にすがっていった。

「無茶をいうんじゃねえ。聞き分けのねえガキじゃねえだろう」

「じゃあ、姐さんたちはどうなるんだよ。おいらだけを助けてよ。一緒に暮らすっていったんだ。おいらとみんなで暮らすってよ。早く出してやってくれよ。鳶のくせに何にもできねえのかよ」

喚いた惣吉が土蔵に駆け寄ろうとしたとき、鳶頭の手が伸びた。惣吉は肩を摑まれ引き寄せられると、平手が飛んできた。頭がくらりとして、痺《しび》れたようになった。ぐらりと身を傾けた惣吉を、鳶頭は抱え上げた。頰の痛みも忘れ、はっとして足をばたつかせた。

「離してくれよ」

「うるせえ、黙れ、ガキが。おめえまで死んでどうする？　生きてる奴が、死んだ奴を弔ってやるんだ。おめえはそれをしなけりゃならねえ」

「おいらが？　弔う？」

鳶頭は火の粉をくぐり抜けながら走った。

「そうだ。生きてるおめえがやらねえで、誰が弔ってやるんだ。おめえは生きてるんだ」

惣吉は鳶頭に抱えられながら、悔しさに目蓋《まぶた》をきつく閉じた。

母屋にも火が回る。

「おれの手下どもはなにをしてやがるんだ。くそっ。いいか、山谷堀を渡れば、なんとかなる。おめえは身を寄せる処はあるのか？」

　惣吉は応えなかった。

「なら、あすこがおめえの家か。ありゃ、表向きは居酒屋だが裏の商いは女郎屋だろう？」

　鳶頭がいった。その通りだ。姐さんたちが十人ほどいた。下で客について、話がつくと二階に上がる。

　惣吉は、二階にも酒や肴《さかな》を運ばされ、客と戯《たわむ》れている姐さんたちを幾度も見てきた。酒を運んでくる間が悪いと惣吉は客に蹴り飛ばされたことが数えきれないほどある。顔を腫《は》らしていると、いつも声をかけてくれたのが、おとせ姐さんだった。おみつ姐さんとおもん姐さんも在所にいる弟を思い出すといって、惣吉を可愛がってくれた。

　惣吉はどこかで、三人の無事を祈っていた。それが叶わぬことだと知りつつも、そう思わずにいられなかった。頬がじんじん痛み始めた。眼の前が滲《にじ》む。泣いているんじゃねえ、泣いているんじゃねえ。煙がしみているんだ。

「おめえ、おれの処に来ねえか？　あんな店にいたところでろくなことにはならねえ。どうだ？　いっそ鳶になるとかよ」

　黙ったままの惣吉に、鳶頭は笑った。

「その気になったら来るがいいや」

鳶頭は権次といった。惣吉も小声で名を名乗った。

「もうひとりで歩けます」

「そうかえ。おれも重くてよ、そういってもらって助かったぜ」

火は新鳥越町あたりを一晩中嘗《な》め尽くした。鎮火したのは、白々と夜が明け始めた頃だった。

惣吉は馬喰町《ばくろちょう》に連れて行かれた。権次の姉の家だ。着いた途端に緊張の糸がぷつんと切れた上に、まともな夜具で眠ったせいか、目覚めたときはもう昼近かった。

権次の姉は、おしづという名で、紅や白粉《おしろい》を扱う小さな店を営んでいた。もちろんとっくに店は開いていて、おしづは店座敷に座っていたが、惣吉が夜具をたたんでいる気配に気づいて振り返った。

「あんまりよく眠っていたから起こさなかったんだけどねぇ、飯が冷めちまったね」

惣吉は座敷の隅に用意されていた箱膳の上を見てごくりと喉を鳴らした。

「あんた、顔も手足も煤だらけだよ。桶に水を張ってあるから洗っておいで」

惣吉は桶の水を手ですくって顔を洗った。水が灰色になった。そうだ。惣吉の脳裏に様々な光景が流れ込むように広がった。

顔を洗いながら急に涙がこぼれた。水なのか涙なのかもわからなくなった。ばしゃばしゃとしぶきをあげながら、洗い続けた。水はあっという間に真っ黒になった。

「あんた、これからどうするんだい？　いままでいた店は焼けちまったんだろう？　権次が朝寄ったんだけど、いつでも面倒を見るといっていたよ。ああ、いま味噌汁を温めてあげるからね」

惣吉はぺこりと頭を下げた。

おしづが店座敷を離れて、勝手から鍋を持ってきて、火鉢の五徳の上に載せた。お櫃《ひつ》からよそった飯を膳に置く。

「さ、たんとお食べ」

ほんのり温かい飯が美味《うま》かった。いままでは、客の食べ残しをごちゃ混ぜにした物を食わされ、腹を下すこともあった。

「そんなに急いで食べると喉につかえるよ」

うっうっ、と惣吉は唸りながら食べ続けた。鼻の奥がきな臭くなって、いつの間にか飯の上に涙が落ちた。構わず口に入れるとしょっぱくて、また泣けた。

「辛い思いしてきたんだねぇ」

権次の姉が湯気の上がる味噌汁を置いた。

「熱いからね、気をおつけ。ほら、おまんまが頬についているよ」

おしづが米粒を指で摘んで口に入れた。

不意におとせの顔が浮かんだ。

行かなくちゃ。そう思った。こんないい思いをしてちゃいけないんだ。

惣吉は箸を置いた。おしづが訝《いぶか》しむ。

「あのあたりは焼けちまって、ほとんど家は残っていないと権次がいっていたよ。それにもう帰らなくてもいいじゃないか」

おしづがわずかに怒りを滲ませた。

「わざわざ苦労など拾いに行くことなんかないよ。せっかく離れられたんだ」

居酒屋とは名ばかりの遊女屋だと権次に聞いた、とおしづがいった。

惣吉は揃《そろ》えた膝の上に両手を置き、頭を垂れた。

「ほんとうに戻る気かえ？」

「ご厄介になりました。権次さんにお礼がいいたかったけど、これからすぐに戻ります」

「どうしてだえ？　あんたさえよければ、ここにしばらく居たっていいんだよ。それから身の振り方を考えたって」

残っているから……と、惣吉はぼそりといった。

「店は焼けちまったかもしれないけど、土蔵は残っているから」

「土蔵？　あんた、火事場泥棒でもやろうっていうのかい？　いくら恨みがあっても」

「違います」

おしづの言葉を遮《さえぎ》った惣吉は声を震わせた。

「中に三人の姐さんたちが残っているんだ。おいらのこと待ってるから」

「待ってるって……」

ちょっと、とおしづが声を出したときには、惣吉はぼろ草履《ぞうり》を突っかけていた。

五

惣吉は浅草あたりまで来ると、走り始めた。新鳥越橋に近づくにつれて、心の臓がしくしくと痛み出すような感じがした。これまであった町がない。遠く寺の屋根だけが見える。

橋を渡り、店のあたりまで来ると主人の拓蔵《たくぞう》と内儀のおれんの姿が見え、足がすくんだ。

腹の底が冷えるような恐怖に襲われた。惣吉に気づいた拓蔵が、

「惣吉！」

声高に叫んだ。もう引き返すのは無理だ。どのような折檻をされてもいい。姐さんたちを土蔵から出してやるんだ。

惣吉は主人夫婦の前に立つと、上目遣いに拓蔵を見た。

「おまえだけか。おとせやおみつはどうした」

「――土蔵の中にいます」

拓蔵とおれんの顔色が変わった。

「ってことはなにかい？　あんたひとりだけ土蔵から逃げ出したってわけかい？　呆《あき》れるねえ。娘三人を置き去りにして」

惣吉は唇を噛み締めた。握った拳《こぶし》に力が入る。

「土蔵に鍵を掛けたじゃねえか。姐さんたちはほんの少し崩れてた壁を懸命に壊して、おいらを外へ出してくれたんだ」

「生意気いうんじゃないよ」

内儀が眉間《みけん》に皺《しわ》を寄せ、惣吉の頬を張った。

痛みなど感じなかった。それより、煙に巻かれた姐さんたちの苦しみのほうが何倍も辛かったはずだ。

「おれん。鍵を掛けたのはおまえだろう？」

鍵を掛けろといったのはおまえさんだよ、と、おれんは詰《なじ》るようにいった。

「ともかく店はこのとおりだ。焼けちまってなにも残っちゃいねえくせに、土蔵だけは建ってやがった」

拓蔵はほっとするようにいうと、土蔵の鍵を取り出し、おれんに預けた。

「あたしが開けるのかい？　嫌だよ。惣吉にやらせりゃいいじゃないか」

「そうだな。おめえが開けて来い」

惣吉はおれんに押し付けられるように鍵を渡された。

店のあった場所は、炭のようになった木が転がり、かろうじて建っている柱もあったが、それも真っ黒だった。鍋や釜も黒ずんで、火の回りの早さがわかった。

惣吉は煤で黒ずんだ土蔵の前に立ち、鍵を差し入れた。

かちゃり、と鍵は容易《たやす》く開いた。内側でなにが起きていたのかも知らず、こんな鍵ひとつで、土蔵はいとも簡単に内部をさらした。

「なにをしてやがる、さっさと入れ」

拓蔵が惣吉の背を押した。中にはもう煙はないがいぶ臭かった。

つんのめるようにして土蔵に入った惣吉の眼に真っ先に飛び込んで来たのは、姐さんたちだった。自分が逃げた穴に折り重なるようにして三姐さんがいた。誰かを呼び続けていたのか、それとも、息苦しさから逃れるためだったのか。

「あら、きれいじゃない。まるで生きてるみたいだねえ。惜しいことをしたよ」

おれんが鼻先を手拭いで覆いながらいった。

「ねえ、あんた。衣裳が勿体ないね」

ああ、と拓蔵は金箱を抱えて中二階から下りてきたところだった。

おれんが、重なった三人の亡骸を引き離して転がすと、衣裳を剝《は》ぎ始めた。

惣吉はおれんにすがった。

「やめてくれよ、お内儀さん」

「馬鹿。どうせ火屋で燃やすか、穴に埋めるんだ。勿体ないだろう。ちょいといぶ臭いけど、洗えばなんとかなるさ。ほら、ぼうっとしてないで、あんたも手伝いな」

まるで賽《さい》の河原の奪衣婆《だつえば》だ。

おとせもおみつもおもんも湯文字《ゆもじ》一枚にされた。惣吉の眼にわずかに盛り上がっただけの硬そうな乳房が見えた。男を相手にしていたけれど、身体は幼かったのだ。

「湯文字は残してやるよ。丸裸じゃいくらなんでもかわいそうだからね」

「それにしても、惣吉。この三人はな、うちじゃ稼ぎのいい娘だったんだ。おめえひとりが助かったところで、糞《くそ》の役にもたたねえ。なんでおめえが生き残るんだか」

拓蔵がいまいましげに惣吉を見る。

「もういいよ、あんた。死んじまったものは仕方ねえよ。惣吉、大八車を借りといで。三人を火屋まで運びな。この火事で焼け死んだ者も多いだろうから、穴を掘るよりいっそ焼いちまったほうがいい」

金箱は無事だったと、拓蔵は満足げだった。三人の姐さんたちを悼《いた》む言葉などひと言もなかった。

「なにをもたもたしてるのさ。早く持っていきな。人はね、死んだら腐っちまうんだ」

とっとと行くんだよ、とおれんが怒鳴った。

骸を運ぶのに快く大八車を貸してくれる者などなかった。ようやく、小さな寺で借りることが出来、惣吉はひとりで三人を車に乗せた。

半分焼け焦げた葭簀《よしず》を拾い、三人を覆った。

惣吉はひとりで車を引いた。火事の後でよけいに引きづらい。額から流れた汗を拭いながら、千住《せんじゅ》へと続く一本道を進んだ。

その道すがら、身内を亡くしたらしい家の者が泣き崩れていた。その隣では、使えそうな品をあさっている盗人まがいの者もいる。

火屋は千住の手前。寺が密集している処にひっそりとある。しかし、火事や災害のときはべつだ。窯《かま》から灰色の煙が途切れることはない。火屋には、真っ黒に焦げた亡骸がいくつもあった。男か女かもわからない。ただ皆、肘と膝が曲がっていた。苦しさにもがいたのだろうか。半焼した男の骸も転がっていた。顔の半分の皮膚が赤黒くなって、片方の眼は見開かれたままだ。惣吉はその場で吐いた。

「小僧。燃やすんならそこに転がしときな」

中年の男が近づいてきた。

「ここにおいて行くのですか」

「当たりめえだろう。火事の後はひとりひとり弔いなんかやってる場合じゃねえよ」

若い男が窯に薪をくべながら、中の様子を窺っていた。

「おやっさん、半生の亡骸は脂が出るから骨になるまでかかりそうですよ」

「なら、炭から先にいれりゃいい」

へい、と若い男は火かき棒で中の亡骸をぐいぐい押し込める。窯からは煙が引っ切りなしに上がっていた。

中年の男が、遠慮なしに葭簀を剝いだ。

「ほう。こりゃきれいな骸だな。焼いちまうにはもったいねえの」

惣吉はすぐさま葭簀を掛け直した。中年男の眼に、いつも居酒屋で姐さんたちを品定めする男と同じものを感じた。

「姐さんたちの骨はいただけないんですか」

無理だな、と若い男がいった。こう多くちゃ誰が誰だかわからねえ、といった。

「おめえの身内か」

「違います。でも、おいらの大事な姐さんたちです」

「わかったよ、小僧。ちゃんと焼いて埋めてやるから安心しな。近くの寺の坊主が経をあげてくれるからよ」

惣吉は哀しみと辛さがごちゃ混ぜになりながら、葭簀をずらして、おとせ、おみつ、おもんの髪を抜いた。おれんは櫛《くし》も簪《かんざし》もすべて取ってしまったからだ。

「せめて、姐さんたちを最後まで見届けさせてください。お願いします」

惣吉は頭を下げる。

中年の男は、しかたがないというふうに、頷くと、大八車を窯から少し離れたところにある薪小屋の横に移動させた。

「おめえは窯の前で待ってな。順番ってもんがあるからな」

惣吉が頷き、薪小屋から少し離れた処に座った。嗅《か》いだことのない臭いが鼻を衝く。

「肉が焼ける臭いだ。獣《けもの》も人も同じだよ」

惣吉は膝を抱えて待った。三人の最期をきちんと見届けるまでは帰るつもりはなかった。

若い男が、不意に下卑《げび》た笑みを浮かべた。

「おやっさんも好きもんだからなぁ」

不意に、惣吉の中に嫌な思いが渦巻いた。男たちの好色な眼を思い出した。

惣吉は急いで立ち上がり、薪小屋の方へと走った。

中年男は、おとせを地面に横たえさせ乳房に触れながら、湯文字を広げて中に指を這わせていた。

惣吉はあまりの光景に眼を疑った。

中年男はおとせの冷たい骸にむしゃぶりつき始めた。荒い息を吐いて、おとせの頬を舌で舐め上げる。おとせはむろん動きはしない。ただ男にされるがままだ。

惣吉は近くの薪を手にとり、男の後頭部へ思い切り振り下ろした。

中年男が頭を押さえておとせの身体の上から転がった。

「このガキ、なにしやがる」

惣吉はもう一打、もう一打と打ち据えた。それに若い男が気づいて飛んでくるまで、叩き続けた。

「この、ガキが。この娘は嫌だといってねえだろうが。身体なんてな、ただの容れ物なんだ。死ねば腐ってなくなるだけだ」

中年男が頭を抱えながら、惣吉に向かって来ると、いきなり蹴り飛ばした。

惣吉は顔を歪《ゆが》めて腹を押さえた。胃の腑から、苦い物が上がってきた。

ちっと、中年男は舌打ちして、屈《かが》んでいる惣吉を再び蹴った。

惣吉は山積みの薪の中に飛んだ。頭の鉢から生暖かいものが流れてくる。

「おやっさん、死んじまうよ」

若い男がにやにやしながらいった。

「ばぁーか。ここは火屋だぜ。焼いちまえば誰にもわからねえよ」

と、中年男が笑った。惣吉は恐怖に身をすくませる。その笑い声が次第に遠くなるような気がした。

容れ物？　命が抜ければ腐ってしまうただの容れ物——。

じゃあ、おいらたちはどうして生かされてるんだ。どうしてだろう——死んじまえ

ばなにも残らないのか。

窯の中の炎が見えた。

惣吉の目蓋が重くなった。閉じた目蓋の裏に赤い火が映った。煙が昇っていく先に

寺の坊主がいう浄土があるんだろうか。だんだん気が遠くなっていく中、人を燃やす

火が美しい華のように思えた。

六

颯太は、女児の亡骸を抱き上げた。身内はあたりにいないのだろうか、と首を回し

たとき、女の叫び声が背後から響いた。

颯太は思わず振り返った。

女は母親だろう、泣きながら走り寄って来た。

「残念ですが。煙に巻かれたのでしょう。きれいなお顔のままです」

母親は颯太の腕から女児を自らの手で抱きかかえると、その場に膝をつき、嗚咽《おえつ》を洩らした。

「おい、とむらい屋、ここは高田屋の跡だぜ」

焼け跡を片付けていた若い鳶がいった。高田屋は呉服屋だ。このあたりの大店《おおだな》だった。

母親の耳に鳶の声が届いたのだろうか、

「もし、おとむらい屋さんならこの娘の弔いをしていただけますか？」

頬を濡らしたままの顔でいった。

「それは構いませんが」

幸い颯太の店は焼けていない。葬具も揃っている。弔いを出してやることは出来る。

「お願いします、お願いします」

母親は死んだ娘をきつく抱きしめる。

「ともかく、いま落ち着いている処に、寝かせてあげてください」

母親は山谷堀の船宿の名をいった。

「必ず伺います。まずお顔の煤を落として、きれいにしてあげることです」

「わかりました。お待ちしております」

母親は颯太に静かに頭を下げると、新鳥越橋のほうへと歩いていった。

颯太は母娘を見送りつつ、あたりを見回した。焼け跡の片付けの真っ最中だ。

かろうじて屋根が残っている家が少し離れた処にあった。だが屋根の瓦が重く、傾いていた。

「ありゃ、危ねえな。柱が半分焼けてる。壊しちまった方がいいかもしれねえ」

若い鳶が心配そうな顔をした。その途端、屋根瓦ががらがらと落ち始め、轟音を立てて崩れた。砂埃《すなぼこり》がもうもうと上がる。

若い鳶が青い顔をした。

「親父！」

鳶が手にしていた材木を放り投げ走り出した。

「頭《かしら》が中にいる。すぐに救い出せ」

近くにいた鳶たちが騒ぐ。

「早く木をどかせ、割れた瓦に気をつけろ」

「頭、聞こえますか。返事をしてくだせえ」

颯太はただ立ち尽くしていた。この中で、出来ることはなにもない。だが、おれはとむらい屋だ。

あの頃から――。惣吉と名乗っていた頃から変わらないのだ。

「颯太さん、よかった」

寛次郎が駆け付けてきた。その後から、

「颯さん。無事か」

「颯太さん」

重三郎とおちえ、それと勝蔵、正平も次々姿を見せた。

「みんな」

「思ったよりもひどい有様ね」

おちえが息を吐く。

「おい、そこの人、力を貸してくれねえか」

皆が崩れた家屋に向かう。鳶たちが瓦を投げ、材木を退《ど》かす。

「手慣れたものだな」

重三郎が感心しながら、割れた皿や瀬戸物を放り投げる。

若い鳶が隙間に入っていった。

「親父！　親父！」

その呼びかけに、呻《うめ》き声が洩れる。

「親父を引き出すぞ。皆、頼む」

颯太も勝蔵も懸命に材木を退ける。若い鳶が年寄りの鳶を引きずり出した。

「親父、大丈夫か？　返事をしろ！」

「頭、頭」

と他の者たちも集まる。両脇をかかえられ引きずり出された鳶頭は、

「まったくえれえ目にあった」

にやっと笑って、気を失った。

「重三郎さん」と、颯太が叫んだ。

重三郎はおちえに持たせていた薬籠を取ったが、鳶頭をひと眼見るなりいった。

「こいつはまずいな。胸と頭がやられている。それに右足も潰れてしまっているな」

「なんとかしやがれ、医者だろう」

若い鳶の言葉に、

「黙れ。怪我人の前でわめくな。戸板を早くもってこい。ここでは治療も出来ん」

重三郎に睨《ね》めつけられ、若い鳶は、ただいまと、他の鳶たちに呼びかけた。

颯太は、白髪頭を赤く染めている鳶を見て、立ちすくんだ。

権次、さん――か？

「どうしたの、颯太さん」

「おれの、知り合い。いや、とむらい屋にしてくれた男だ」

おちえが眼を丸くした。

「いまのとむらい屋の土地を譲ってくれた人？　この人が？」

「そうだ。まだ惣吉と名乗っていたときのな」

颯太は、結局、権次の姉の許に転がり込んだ。もともと商才があったのか、それとも女のような優しい風貌《ふうぼう》が女客の評判を呼んだのか、小さな店はたちまち間口を広げて、化粧品の他に小間物まで売るようになった。

拓蔵とおれんの店も建て直したが、居酒屋は表向きの遊女屋であると、権次が奉行所へ訴えた。なにより、火事が起きていながら、土蔵に鍵を掛けたまま三人の娘たちを死なせたことが惣吉の口からもたらされ、夫婦は死罪になった。夫婦は、惣吉の悪戯《わるふざ》けが招いた、としらを切ったが、権次という証人がいたことが大きかった。

刑場で、恩知らずだの地獄に堕ちろだの、おれんは首を落とされる最後までわめいて死んだ。その後、味噌屋になったが、罪人を出した処だという話が広がり、すぐに店は潰れた。

「その土地を買い上げてくれたのが権次さんだ。もっとも元は女郎屋で、主人夫婦は死罪。町年寄も買い手がつかずに困っていたようだ。権次さんが買い叩いたと笑っていたよ。姉の店を大きくした礼だとさ。恩義も感じることはないといってくれたよ」

それよりも救われた命で、救われなかった者たちのために働けといわれた。

「おれも馬鹿だよな。それならとむらい屋しかねえと思っちまった」

とむらい屋を開くにあたり、名を変えた。惣吉の名を捨て颯太とした。十七のときだ。

戸板が運ばれてきて、権次が乗せられた。近くの寺で重三郎が治療にあたった。その寺には、他にも火傷を負った者が数十名、呻き声を上げていた。

しかし、重三郎の懸命な治療の甲斐《かい》もなく、権次は三日後に逝った。

逝く前日のことだった。颯太が権次の許を訪れた。もう眠ったまま、このまま心の臓が止まるだろうと重三郎が悔しげにいった。

「この鳶頭は颯さんの恩人だそうだな。せめて話くらいはさせてやりたかったよ」

おちえが話したのか。余計なことをと颯太が思いながら、権次の顔を見つめていたときだ。

権次の眼がいきなりカッと開いた。

「親父」

権次は息子をちらりと見ると、視線を颯太に移した。

「あっしです、惣吉です」

権次が静かに首を縦にして笑みを浮かべた。

「おめえ、ほんとにとむらい屋になっちまったんだなぁ」

権次はひと言ひと言かみしめるようにいった。権次は知っていたのだ。

「小せえおめえがよ、大八車を引いていく姿をおれぁ、陰から見てたんだ。命なんてものは、もらいもんだ。いつ何時失くしちまうかわからねえ。けどよ、もらいもんだからこそ、大ぇ事《でぇじ》にしねえとなぁ」

権次はふうと大きく息をした。

「死んだ女房と姉貴がおれに向かって手を振ってる。おれを手招いて笑ってやがる」

重三郎が首を横に振った。

「おれの跡をちゃんと引き継げよ」

「ああ、兄さんとふたりでやっていくさ」

権次は笑みを浮かべ、

「それと、そこのとむらい屋におれのことを頼んでくれ」

それだけいって権次は眼を閉じた。

翌朝。権次は冷たくなっていた。

遺体となった権次は寺の座敷に移された。

「御愁傷様でした」

颯太が頭を垂れると、

「医者は、死んだ者には興味はねえよな」

権次の息子が皮肉っぽくいった。重三郎が他の者たちの治療で忙しく立ち働いていているからだろう。

「助けられる者を、助けるのが医者の務めですからね。そのあとを引き継ぐのが、あっしらです」

颯太は冷ややかな口調でいう。

「けど、あんたが、昔、親父がよく話をしていたガキだったのか。奇遇なこともあるものだ。しかも、とむらい屋だなんてな。話が出来すぎて涙もこぼれねえよ」

けどな、と権次の息子はいった。

「六十近くまでお頭でいられたんだ。親父も満足だったろうぜ」

若い鳶は権次の息子だったが、跡目は兄が継ぐことになっているといった。

「なあ、とむらい屋。親父はよ。てめえが死んだら身体を焼いてくれっていってたんだ」

「なぜですか？」

颯太は訝しむ。

「鳶はよ、足場を軽業師みてえに渡って歩くからよ。冷たい土ん中に埋められちまうのが、嫌なんだってよ。どうせなら、煙になって空に昇りてえってさぁ。もっと高え所に行きたいんだとさ。馬鹿いってやがった」

「承知しました。その弔い、うちでお引き受けいたします。ただ、ひとつだけ」

「なんだよ」

「もし、権次さんが話をされていたのなら教えてください。あっしのような他人になぜかかわってくれたのか」

息子は、ああと頷くと、短くいった。

「昔、小せえガキを救えなかったんだ。眼の前で焼け死んだのを見てたってよ。それがずっと親父の負い目になってた。そのことがあんたとかかわるかは知らねえがな」

「ありがとうございます」

颯太は、権次の亡骸と息子に頭を下げた。

その瞬間、風が吹いた。それに混じって「おめえは生きているんだ」と、権次の声が聞こえたような気がした。空耳だと、颯太は苦笑する。だが、たしかなのは、今ある命が三人の姐さんと権次に救われたものだということだ。

権次の亡骸を納めた棺桶を、皆で大八車に載せた。

「颯太さん。あたしも行くわよ」

おちえがいった。

「これは、おれと道俊だけでいい」

車を引く颯太の前で道俊が、経を上げながら歩く。

それでもおちえはついてきた。急に小走りになって、颯太の隣に並んだ。

「店に戻ってろ。火事の後で、弔いが引っ切りなしだ」

「寛次郎さんがいるから大丈夫よ」

「火屋に行くんだぞ。焼けた亡骸もある。潰れた骸もある。それでもいいのか」

「火屋で焼くのも、お弔いだもの」

道俊の経が風に乗って流れてくる。涼やかな鈴の音が響く。唐突に奪われたすべての命を鎮めるかのような音色だった。

「ねえ、颯太さん。亡くなる間際に先に逝った人がお迎えに来るってほんとう？」

「そんなもんは夢だ」

そうじゃなきゃ、死が怖くなる。もともと生など儚《はかな》い。自分がどうして生まれてきたのかもわからなければ、なぜ死ななきゃいけないかもわからない。

「折り合いをつけてえんだよ。死んであの世に行く理由を持ちたいからだ」

「現世が楽しかったら、死ぬのは嫌ね」

おちえは空を見上げる。颯太はおちえを見ずにいう。

「人は必ず死ぬ。あの世と現世は隣り合せなんだ。闇を恐れるのは、死をそこに感じるからだ、黄昏刻《たそがれどき》の辻《つじ》が怖いのは、あの世に通じるかもしれねえからだ」

けど、あの世があると思えるから人は死ねる。それに、親子や孫、ひ孫、子々孫々まで、自分が繋がっていくと信じることが喜びでもある。それが人の営みだからだ。

「地獄に堕ちるって考えないのかしら」

おちえがいった。颯太はふと笑う。

「地獄に堕ちそうな奴ほど、考えねえもんさ」

「図々しいわね」

おちえが眉をひそめた。

火屋に着き、権次ひとりを荼毘《だび》に付してもらった。火屋の者は面倒な顔をしていたが、銭を握らせると、にんまりした。

炎はやはり赤い華のように見えた。その者がどう生きたかは、結局本人しかわからない。

理不尽に奪われる命、傷病で家族に看取《みと》られながら尽きる命。いずれでも死は死でしかない。怒りや哀しみに打ちひしがれていようと、此岸《しがん》にいる者たちは、死者を語ってやることで、自らも死と向き合いながら、生きていく。

煙が空へと上がって行く。これで、昔にケリがついたような気がした。

おれの生業《なりわい》はとむらい屋だ。弔いを出して飯を食う。

権次の傷ついた頭の骨には黒くなった血の痕《あと》が残り、右足の骨は砕けていた。が、あらかたの骨は立派で、用意してきた素焼きの壺《つぼ》には入りきらなかった。

颯太は盛り上がった骨を蓋で思い切り押し込む。ぼきぼきと骨が折れる音がした。

壺を縄で結んで、颯太は立ち上がる。

「戻りましょうか、颯太さん」

道俊が促すようにいった。

颯太は黙って頷いた。

「なんだか、申し訳ないけど、うちが残っていてほっとした」

おちえが車の横で呟いた。

「うちが燃えちまったら、弔いをしてやれなくなるからなぁ」

颯太は壺を片手で抱えながら、もう片方の手で軽くなった車を引いた。

「でも、あとちょっと風が出たら、丸焼けになっていたのよ」

颯太は、そうだなとおちえに笑いかける。

とむらい屋の店座敷の床下には、小さな壺が埋めてある。その中に入っているのは、おとせ、おみつ、おもん、三人の髪の毛だ。

「あたしたちはここで暮らしていかなけりゃいけないの。わかるでしょ？　帰る処なんかありはしないんだから」

おとせはそういった。だから埋めた。

とむらい屋の者たちはむろんそのことを誰も知らない。

また、おれは姐さんたちに救われたんだろうか、と颯太は、ふと頬を緩めた。

「嫌だ、颯太さん。思い出し笑いなんて薄気味悪いわよ」

「おちえ、道俊、これからも頼むな」

「もちろんですよ」

道俊が鈴を鳴らした。

「当たり前でしょ。この火事で弔いがたくさん入ったって、寛次郎さんも勝蔵さんも大忙しよ」

「とむらい屋と坊主は休む暇がねえからな」

抱えた壺の中の権次の骨が、からんと音を立てたような気がした。

【参考文献】

『死者のはたらきと江戸時代』　深谷克己　吉川弘文館
『江戸の祈り　信仰と願望』　江戸遺跡研究会編　吉川弘文館
『民俗小事典　死と葬送』　新谷尚紀・関沢まゆみ編　吉川弘文館

解説

北上次郎

鍋、釜、布団、衣装などの日用品を貸し出して料金を取るレンタル屋＝損料《そんりょう》屋を描いた山本一力『損料屋喜八郎《きはちろう》始末控《しまつひか》え』や、公事訴訟や裁判のために江戸に出てくる者を泊める宿屋を舞台にした澤田ふじ子『公事宿事件書留帳《くじやどじけんかきとめちょう》　闇《やみ》の掟《おきて》』など、変わった職業を描く時代小説は数多い。いまはなき、そういう職業を通して、江戸の庶民の暮らしを浮き彫りにするわけで、時代小説が職業小説である側面は重要である。

梶よう子にもさまざまな職業を描いた作品がある。食べ物以外ならなんでも扱う三十八文均一の店を兄妹で営む「みとや・お瑛仕入帖《えいしいれちょう》」シリーズ、さまざまな薬を作る小石川御薬園《こいしかわおやくえん》を舞台に、いささか頼りない男を主人公にした「御薬園同心水上草介《みなかみそうすけ》」シリーズ、飼鳥屋を営むおけいを主人公にして、行方不明の夫の帰りを待つ「ことり屋おけい探鳥双紙《たんちょうぞうし》」など、職業の特性をいかした物語を書いている。

本書『とむらい屋颯太』も、そういう流れのなかの一冊だが、しかし時代小説界に数多い職業小説のなかでは異彩を放っている。「とむらい屋」というのは葬儀を請け負うことを生業《なりわい》とするので、今もある職業といっていいが（ただし、葬儀を取り仕切るだけでなく、弔《とむら》い道具を貸し出すこともしている）、異彩を放つのは別の理由による。それは、人の死を描くだけに全体が重いトーンなのだ。

「御薬園同心水上草介」シリーズの飄々《ひょうひょう》としたトーンとのあまりの違いに驚かされる。もっとも、江戸時代の百均を舞台にした「みとや・お瑛仕入帖」にも両親を亡くしたことの哀しさと、永代橋《えいたいばし》を渡れなくなっている心の痛みなど、暗い影がさしているから、そういう陰影がこれまでにもなかったわけではない。「ことり屋おけい探鳥双紙」にしても、幻の鳥を探しにいった夫が帰ってこないわけだから、物語に暗い影がないわけではないのだ。水上草介がむしろ例外といっていい。しかし、お瑛もおけいも、颯太の物語を知ればまだ幸せだったと思わざるを得ないだろう。

たとえば、『とむらい屋颯太』の第一章「赤茶のしごき」は、水死体があがる場面から始まる。そのくだりを引く。

「顔の皮も半分がた落ちて、肉が覗《のぞ》き、眼球も飛び出しそうだ。赤黒いような青黒いような肌の色をし、ぶよぶよに膨れ上がっていた。流木に当たったのか、魚に食われたのか、身体の皮膚もところどころ破れ、はがれ落ちていた。手足があるだけの、肉塊だ」

死臭《ししゅう》を嗅ぎ付けたのか、上空に数羽、烏《からす》が集まってきて、仲間を呼ぶように鳴き声を上げている。南町奉行所の定町廻り《じょうまちまわ》同心、韮崎宗十郎《にらさきそうじゅうろう》が連れている小者の一太《いちた》は、亡骸《なきがら》を見ただけで口元を押さえ、急ぎ足で骸《むくろ》から離れ草むらでぐえええと戻した。

その直前は、猪牙船《ちょきぶね》に乗っている颯太と船頭の六助《ろくすけ》が、吉原《よしわら》に売られてきて三年、骨と皮ばかりの痩せこけた体で亡くなった二十一の妓《おんな》の話をする場面である。もともと病持ちで、ようやく死んでくれて薬代料がかからなくてすむと忘八《ぼうはち》（廓《くるわ》の主）は言ったそうだ。忘八とは、仁義礼智忠信孝悌《じんぎれいちちゅうしんこうてい》の八つの徳を忘れている者のこと。遊里《ゆうり》で遊ぶこと、そして廓の主のこともそう呼ぶ、と作者は書いている。

つまり冒頭から死の連発だ。そこに十七の一太が何度も草むらにしゃがみ込んで、ぐえええとえずく音がかぶさっていく。『とむらい屋颯太』はこういう場面から始まるのである。二十一で亡くなった妓の話の続きだが、「病で死んだんだ。棺桶なんかいらねえだろう？　粗筵《あらむしろ》でくるんで、うっちゃっておけば事足りる」と忘八は言ったそうだ。結局は仲間の妓たちがなけなしの銭を出したらしい。その廓の主を颯太が脅して金を出させることに留意。

死をないがしろにするということは、生をないがしろにすることだ。その怒りが冒頭からこの物語に充満しているのだ。暗くて重い話、と先に書いたけれど、実は同時にこれは、怒りの書でもあるということだ。

物語の終わり近くに、おちえが次のように言う場面があることも引いておく。

「颯太さんの周りには、なぜかしらいろんな人が集まるのね。だけど、幸福を絵に描いたような人は一人もいない」

主人の颯太の他に、おちえ、棺桶作りの勝蔵《かつぞう》とその弟子正平《しょうへい》、雑用の寛次郎《かんじろう》、僧侶《そうりょ》の道俊《どうしゅん》、医者の巧重三郎《たくみじゅうざぶろう》、同心の韮崎宗十郎と、個性的なわき役が揃《そろ》っているが、「幸福を絵に描いたような人は一人もいない」と言うのだ。そのおちえにしても、哀しい過去がある。おちえが赤子の頃、父親は品川の飯盛女《めしもりおんな》と駆け落ちして行方知れずになり、その後は母親とふたり暮らし。細々と暮らしてきたが、十一のときに母親が早馬に蹴《け》られて死に、その弔いをしたのが颯太。割れた頭と大きな顔の傷を丁寧に縫い合わせ、化粧を施した颯太におちえはかじりついてきた。それからおちえは颯太から離れず、とむらい屋のチームの一員になっている。その他のわき役たちについては、本文を読まれたい。みんな、哀しい過去と心の傷を持っている。定町廻り同心、韮崎宗十郎にどんな過去があるのか、まだ書かれていないのでわからないが、彼にもそういう心の傷があるのだろう。

主人公の颯太については、最後の第六章「火屋の華」で語られるが、読書の興を削いではいけないので、ここには紹介しないでおく。彼が十一歳で葬儀屋になると決めたのはなぜか、回想で語られる幼少時代が圧巻。

本書には続編があることも書いておく。二〇二〇年六月に上梓された『漣のゆくえ』だ。主人の颯太はもちろんのこと、おちえ、棺桶作りの勝蔵とその弟子正平、雑用の寛次郎、僧侶の道俊、医者の巧重三郎、同心の韮崎宗十郎と、フルメンバーが登場しているので、本書を読み終えたらぜひそちらも読まれたい。

二〇二二年五月

この作品は2019年6月徳間書店より刊行されました。

徳間文庫

とむらい屋《や》颯《そう》太《た》

2022年7月15日 初刷
2022年8月1日 2刷

著者 梶《かじ》よう子《こ》
発行者 小宮英行
発行所 株式会社徳間書店
東京都品川区上大崎三-一-一
目黒セントラルスクエア 〒141-8202
電話 編集〇三(五四〇三)四三四九
販売〇四九(二九三)五五二一
振替 〇〇一四〇-〇-四四三九二
印刷
製本 大日本印刷株式会社

ISBN978-4-19-894761-3 (乱丁、落丁本はお取りかえいたします)

徳間文庫の好評既刊

葉室 麟

辛夷《こぶし》の花

九州豊前《ぶぜん》、小竹藩の勘定奉行・澤井家の志《し》桜里《おり》は嫁いで三年、子供が出来ず、実家に戻されていた。ある日、隣家に「抜かずの半五郎」と呼ばれる藩士が越してくる。太刀の鍔《つば》と栗《くり》形《かた》を紐で結び封印していた。澤井家の中庭の辛夷の花をめぐり、半五郎と志桜里の心が通う。折しも小竹藩では、藩主と家老三家の間で主導権争いが激化していた。大切な人を守るため、抜かずの半五郎が太刀を抜く！